冷徹辺境伯に婚約拒否されましたが、想定内なので問題ございません
～なのに、溺愛付き永年雇用されるとは予想外です～

合澤知里

目次

Character
女嫌い辺境伯
セス・キンバリー
ヴェルメリオ国王の従弟であり、
国境警備軍総司令官。
母親や自分に言い寄ってくる女性たちの
影響で女嫌いになっていたが、
サラの無垢で一生懸命な姿に
心奪われていき…！
崖っぷち伯爵令嬢
サラ・フォスター
10歳まで平民として暮らしていた、
なんちゃって伯爵令嬢。
異母姉たちにセスとの婚約を決められ彼を
訪ねるが、あっけなく拒否される。
帰る場所がないので、辺境伯邸で
働き始めると
思いのほか楽しくて…！

冷徹辺境伯に婚約拒否されましたが、想定内なので問題ございません

なのに、溺愛付き永年雇用されるとは予想外です

意地悪なサラの異母姉

リア

自己中でわがまま放題の
異母姉。
サラのことを嫌っており、
気に食わないことがあると
風魔法で攻撃してくる。

自由気ままな副司令官

ジョー

国境警備軍副司令官。
軍ではセスの同期で、
セスに気安く絡んでいく
怖いもの知らずな一面も。

お姉さん気質な第二隊長

ジャンヌ

国境警備軍第二隊隊長。
才色兼備で面倒見がよく、
サラとセスの関係を
影ながら応援している。

辺境伯領を襲うセスの敵

魔獣

国境沿いにある魔の森から
キンバリー辺境伯領に
侵入してきて人を襲う。
なぜかサラが作るお守り
を避けているようで…？

優秀な家令

リアン

キンバリー辺境伯邸を
取り仕切る家令。
セスの右腕となり、
彼の仕事を
影ながら支えている。

心優しいメイド頭

ハンナ

サラを雇うことを提案した
メイド頭。かつてはセスの
家庭教師だったことも。
たまに笑顔に有無を
言わさない圧力がある。

1. キンバリー辺境伯領へ

「何よこの紅茶！　冷めているじゃないの！」

バシャッ！

温くなった紅茶を頭から浴びせられた私は、深々と頭を下げる。

「申し訳ございません」

「さっさと淹《い》れ直しなさい！」

「かしこまりました」

髪から滴る雫《しずく》もそのままに、私は異母姉《いぼし》が持つ空になったカップを回収する。視界の端で、異母姉が私を嘲るような笑みを浮かべているのが見えた。

というか、淹れてから三十分も経ったら冷めない方がおかしいのだが。それまで全く手をつけなかったのは自分なのに。これは絶対に嫌がらせに決まっている。

そう分かっていながらも、逆らう術《すべ》を持たない私は、おとなしく異母姉の部屋を下がり、紅茶を淹れ直すべく厨房《ちゅうぼう》に向かった。

＊＊＊

私の名前はサラ。子供の頃は平民として母子家庭で育った。大衆食堂で人気ウエイトレスとして働いていたお母さんが流行《はや》り病で亡くなってからは、父親だと名乗り出てきた当時のフォスター伯爵に引き取られた。

彼いわく、政略結婚の妻とは一男一女をもうけたが、金遣いの荒い妻とはどう頑張っても折り合いが悪く、鬱屈していた頃に新米メイドとして雇われたお母さんを見初めて、深い仲になってしまったんだとか。私を妊娠してしまったお母さんはひっそりとメイドを辞めたものの、伯爵は私達のことを気にかけ、時折こっそり様子を見に来ては養育費を渡していたらしい。

お母さんが亡くなって一人になってしまった私をこれ以上放っておくことができず、自分の娘と明かして手元に置くことにしたと彼は語った。

十歳でフォスター伯爵家に引き取られた私は、父にはとても可愛《かわい》がられた。今まで着たこともない立派なドレスを着させてもらい、食べたこともないおいしい料理をお腹《なか》いっぱい食べさせてもらい、広くて綺麗《きれい》な自室を与えてもらい、きちんと淑女教育を受けさせてもらえた。

だけど継母《ままはは》、三つ年上の異母兄《いぼけい》、一つ年上の異母姉は私を敵視し、父のいないところではやれ泥棒猫の娘だの、平民のくせに生意気だの、魔法が使えない役立たずだの、様々な暴言を浴びせられていた。

そして三年前、十三歳の時に父が事故で急死してからは、私の扱いは悪化の一途をたどった。

異母兄のトリスタンがフォスター伯爵位を継ぐと、父から与えられた服や靴やアクセサリーは全て取り上げられてしまった。そればかりではなく、自室から追い出されて屋根裏部屋に住まわされ、今や私は使用人扱い。それもタダ働きさせられる上に、難癖をつけられては罰と称して食事を抜かれたり、庭で一夜を明かす羽目になったり、徹夜で針仕事をさせられたりするありさまだ。

＊＊＊

「ちょっと！　これピーマンが入っているじゃないの！　こんな物を私に食べさせる気⁉」

夕食の席で、魚のソテーに添えられた嫌いなピーマンを目敏《めざと》く見つけた異母姉のリアが、皿ごと私に投げつけてきた。

夕食のメニューは料理長が決めているのだから、完全に私と関係ないのに、八つ当たりもいいところである。料理長には毎回注意しているのに、自分には被害が及ばないからか、何度言っても覚えようとしてくれない。

「申し訳ございません」

腹立たしいが、それでも一応謝ってご機嫌を取っておかないと、下手をすれば風魔法で壁に叩《たた》きつけられてしまうのだ。

「おいリア、そいつに怪我《けが》だけはさせるなよ。痕が残ると、いざという時に高く売れなくなるからな」

「分かっているわよ、お兄様。私がそんなヘマするわけないじゃない」

「相変わらず見苦しい娘ね。さっさとそこを片づけなさい」

継母に命じられ、私はひっくり返った皿と床にぶちまけられた中身を片づける。散らかしたのは私ではなく異母姉だと文句を言いたいところだが、そんなことは口に出しても無駄だし、生意気だと激昂《げっこう》されてさらに事態が悪化するだけだ。

「罰として、あんた今日夕食抜きね」

「……かしこまりました」

異母姉の理不尽な罰に腹が立つが、悲しいかな、もう慣れてしまった。腹を立ててもお腹は膨れない。

そうだ、どうせ捨てるのだから、このソテーもらおう。ちょっと床に落ちただけだし、手も全くつけられていなかったしもったいないもの。

家の全員が寝静まった後、私はこっそり取っておいたソテーをお腹に収めて、屋根裏部屋のベッドに身を横たえた。

今日はまだ穏便な方だった。明日はちゃんとご飯が食べられるといいな……。

父が亡くなった後、この家から逃げ出そうと思ったことは何度もある。だけど私は無一文だし、行く当てもないし、魔法も使えないし、持っている物といえば時折与えられるボロボロの古着だけ。

　これでは平民に戻ろうにも雨露をしのぐことすらできず、下手をすれば悪人に捕まって娼《しょう》館《かん》にでも売り飛ばされてしまうか野垂れ死にだ。それを考えれば、逃亡は諦《あきら》めておとなしくこの家で過ごし、異母兄の駒として政略結婚させられるのを待った方がマシなのかもしれない。そう考え直して踏みとどまっている。

　だけど、どうせあの異母兄のことだ。まともな相手など望めないことは目に見えている。どっちにしろ、私の未来に希望などない。


　虐げられるだけの日々を過ごしていた私が、十六歳になって成人した朝、異母兄に呼び出された。

「お前にはキンバリー辺境伯に嫁いでもらう」

　異母兄の鶴の一声に、私は思わず目を見張って身体《からだ》を強張《こわば》らせた。

「あら、良かったわねえ。でもキンバリー辺境伯だなんて、どういう風の吹き回しなの？　トリスタン」

「国王陛下のお声がけに手をあげただけですよ、母上」

「そうだったのねお兄様。でもあんたにとっては、これ以上ない縁談よねえ」

継母と異母姉も揃《そろ》ってニヤニヤと私を嘲笑《あざわら》う中、私は以前淑女教育の一環で教わった彼についての情報を思い出していた。

――セス・キンバリー辺境伯。このヴェルメリオ国の国王陛下のいとこである彼は、若くして爵位を継いでおり、国内最北の辺境地の主でたしか今二十四歳。私は会ったことはないが、琥珀《こはく》色の髪に海のような青い目を持つ美丈夫で、頭脳明晰。おおよそ五人に一人が魔法を使えるこのヴェルメリオ国では、国一番の氷魔法の使い手で、剣の腕も国で一、二を争うほどだと聞いている。

条件だけ見れば最高の結婚相手で、誰もがうらやむような話なのだが、三人が私を嘲笑うのにはわけがある。キンバリー辺境伯は、大の女嫌いで有名なのだ。

夜会で擦り寄ってくるご令嬢がいようものなら、その場に居合わせた人々が皆凍りつくような視線で相手を睨《にら》みつけ、お節介な周囲がお見合いの席を設けようとすれば、片っ端から手ひどく断ってしまう。親戚の方々が無理やり婚約者を決めようとすれば、結婚条件と称して相手に無理難題を課して断らせるらしい。

今では冷酷無慈悲な方だという噂《うわさ》までまことしやかに囁《ささや》かれている。そのため令嬢達の間では、キンバリー辺境伯は恐れられつつも、手の届かない存在として、憧れの的になっていると聞いたこともある――。

そこまで思い出した私は、ようやく異母兄の狙いが分かった。

異母兄は、いとこである辺境伯を気にかけた国王陛下の呼びかけに応じて私を嫁がせることで恩を売りつつ、体良《てい》く私を家から追い出そうとしているのだ。私がキンバリー辺境伯に嫁いでも、すぐに追い返されるであろうことを見越して。

私が追い返されて戻ってきても、異母兄はもうフォスター伯爵家に足を踏み入れさせないつもりなのだろう。ようやく厄介払いできたのだから、それこそ私が野垂れ死にしようがどうなろうがかまわないに違いない。そうでなければ、私を見下す三人の今までにない醜悪な笑みの説明がつかない。

「すぐに荷物をまとめて辺境伯領に行け。何があっても、二度とこの家には戻ってくるなよ」

ああ、やっぱり……。

「……かしこまりました」

異母兄の命令に答えると同時に響き渡った三人の醜い高笑いを背に、私は絶望した気分で屋根裏部屋に向かったのだった。

さすがにフォスター伯爵家の体裁を考えたのか、今までのボロボロの古着よりは多少マシな異母姉のお下がりのドレスを与えられた。そしてフォスター伯爵家の馬車に一人乗せられた私は、片道五日はかかるというキンバリー辺境伯領へと旅立った。

馬車に揺られながら、私は肩を落として盛大にため息をつく。

どう考えても、私がキンバリー辺境伯に気に入られるとは思えない。生粋の高位貴族だったり誰もが振り向く美人だったり名高い才女だったりと、社交界で評判が高いご令嬢方でも、門前払いで片っ端から断ってしまうような方なのだ。そんなお方が、どうやったら元平民で妾《しょう》腹《ふく》のなんちゃって伯爵令嬢を選ぶのだろう。

せめて私がお母さんに似て、整った顔立ちにどこか品がある立ち居振る舞いで、人を惹きつける魅力があればよかったのだけど。生憎《あいにく》似ているところといえば黒い髪と黒い目という部分だけで、私自身はいたって平凡な顔立ちだ。しかもあの三人から受ける罰のせいですっかり痩せこけてしまって女性らしい体型でもない。

容姿に自信など皆無なのに加えて、中身だって淑女教育で身につけることができたのはごくごく基本的なことだけだし、魔法も使えなければ特技もない。

高嶺《たかね》の花と憧れられるほどの貴族令嬢達ですら全て切り捨ててしまうような方が、もしこんな私を選ぶというのならば逆に怖い。絶対に何か裏があるに決まっている。

これはもう、どうすればキンバリー辺境伯に好かれるかということよりも、どうやったら辺境伯に追い返された後も生きていけるかを考えた方が話が早いだろう。

だけど、家を出て二日経っても、いい考えは浮かばない。そもそも、そんなことができるくらいなら、もうとっくにあの家を出ている。

馬車の中で何度目か分からないほどくしゃみをしながら、私はため息をついた。

お金もなければ身なりも貧相な私が、どうすれば住まいと職を得て生活することができるというのだ。まともな人なら、きっと私を雇おうとは思わないだろう。もしまともじゃない人だったら……雇ってくれるのかもしれないが、さすがに犯罪とかに巻き込まれるのは……嫌だ。最終手段は身売りだけど、できればしたくないし、貧相な身体の私を買ってくれる人がいるとも思えないし……。

駄目だ。どう考えても詰んでいる。

それでもなんとかしなければ、と私はない知恵を絞ってずっと一生懸命に考えていた。だが、初冬で日に日に寒くなっていく中、布地が薄い服で北の地に向かっているからだろうか。三日目には寒気が止まらなくなってきた。このままだと下手をすれば風邪を引いてしまうかもしれない。


五日目の夕方にキンバリー辺境伯領に着いた時には、私は寒くて震えが止まらなくなっていた。案の定、風邪を引いてしまったようだ。フラフラになりながらも馬車を降り、キンバリー辺境伯邸の敷地の広さに目を丸くしながら、呼び鈴を鳴らす。

「私、サラ・フォスターと申します。キンバリー辺境伯にお目通り願えますでしょうか？」

「フォスター伯爵令嬢ですと……？　私は家令のリアンと申します。申し訳ございませんが、生憎主人は今仕事で留守にしておりますので、こちらでお待ちいただけますでしょうか？」

茶髪に少し白髪が交じった、五十代くらいに見えるリアンさんに、私は客間に案内された。だけど、その困惑したような表情に、なんだか嫌な予感がする。私が今日到着すると、異母兄から連絡がきていなかったのだろうか。

それでも私は、もうキンバリー辺境伯の帰宅を待つことしかできない。フォスター伯爵家の御者は、私を馬車から降ろすと、これで役目は終わったとばかりにすぐに帰っていってしまったのだから。

初対面の人達に情けない姿は見せたくなくて、私は歯を食い縛り、背筋を伸ばして平静を装っていた。だけど、もてなしてくれたリアンさんや、メイド頭と名乗った五十代くらいのハンナさんが退室して客間で一人になった途端、どっと疲労と倦怠感《けんたいかん》が襲ってきた。

身体が怠《だる》くて熱く、頭が痛い。寒気と震えが止まらない。これは本格的に風邪を引いてしまったのかもしれない。

唯一の救いは、使用人の皆さんがとても優しかったことだ。リアンさんは応接室と思われる部屋に案内するなり、外は寒かったでしょうとすぐに暖炉に火を入れて部屋を暖かくしてくれたし、ハンナさんが熱い紅茶を持ってきてくれた。二人のおもてなしのおかげで、寒気は少しだけ治まった。

働いている人達がこんなにいい人柄なんだから、辺境伯も噂とは違って、少しでも優しい人だったらいいのにな……。

どれくらい待ったか分からないが、日がとっぷりと暮れてきた。いよいよ熱が上がってきたようで、頭がぼうっとして、気を抜いたらすぐにでも意識が遠のいてしまいそうだ。ソファーの背にぐったりと身体を預けてかろうじて座っていると、なんだか急に玄関の方が騒がしくなったことに気がついた。

辺境伯が帰ってきたのかもしれないと気合を入れ直して姿勢を正した時、客間のドアがノックされた。

「失礼する」

低い重厚な声を響かせながら入ってきたのは、小柄な私が胸の辺りまでしかないほど背が高く、立派な軍服が似合う逞《たくま》しい身体つきをした男性だった。綺麗な琥珀色の髪に、海よりも深い青色の目、整った顔立ちで圧倒的な存在感を放つ彼が、キンバリー辺境伯だと一目で分かった。

だが、その端正な顔はゆがんで不快感をあらわにしていて、切れ長の目は冷たく私を見下ろしている。

私は萎縮しながらもすぐに立ち上がり、失礼のないよう細心の注意を払いながら、昔習った淑女の礼を丁寧に披露した。

「お留守中に上がり込んでしまい申し訳ございません。はじめまして、フォスター伯爵家からまいりました、サラと申します」

我ながら上出来だったと思う。挨拶をする機会なんて、この三年間全くなかったけれども、身体がちゃんと覚えていてくれたことに少しだけほっとした。

だけど。

「セス・キンバリーだ。フォスター伯爵令嬢と言ったな。何か行き違いがあったかもしらんが、国王陛下が余計な気を回した此度の縁談、すでに当方から断りの手紙を出してある。悪いが直ちにお帰り願おう」

取りつく島もなくばっさりと切り捨てられ、私の頭からザッと血の気が引いていく。

そんな……！　今追い出されたら、間違いなく行き倒れ……。

「……と言いたいところだが、……はもう……、明日……」

辺境伯が何か言っていたが、ショックを受けた私にはもはや理解できなかった。声が次第に遠くなっていき、視界がぼやけて端からどんどん黒く染まっていく。

遂には視界を黒が覆い尽くしてしまった。


……あ、れ……？

瞼《まぶた》を開けた私は、見慣れない白くて綺麗な天井に目を丸くした。いつもの屋根裏部屋とは全然違う。

視線をさまよわせると、分厚いカーテンがかかった大きな窓が目に入る。広い部屋には、シンプルだが上質そうなマホガニーのテーブルや椅子などの調度品が置かれている。そして、やけに大きくてふかふかのベッドに自分が身を横たえていることに気づいた。

……ここ、どこだろ……。

目を白黒させながら、私は記憶をたどった。

たしか、風邪を引きながらもキンバリー辺境伯家に到着して、客間に通されたけど、帰ってきた辺境伯にすぐに追い出されて……いや、追い出される直前で倒れたのかな？

とにかく、そこからの記憶がない。

そういえば、私は風邪を引いていたはずだったのに、熱も下がっているし身体も軽くなっている。

額に湿った布が置かれているから、誰かが看病してくれたのだろうか？

服も着替えさせてくれたのか、多少はマシな薄手のドレスが、肌触りのいい高そうなネグリジェに変わっている。サイズは全然合っていなくてブカブカだけど。

頬っぺたを引っ張る。

痛い。

痛いってことは、これは夢じゃないよね……？　天国でもないよね？

狐《きつね》につままれた気分でベッドの中で瞬《まばた》きを繰り返していると、部屋の扉がノックされた。

「お目覚めになられましたか？」

私が起きていることに気づき、ほっとした様子で微笑んできた、亜麻色の髪のふくよかな女性には見覚えがあった。たしか、キンバリー辺境伯家の客間で私に熱い紅茶を差し出してくれた……そうだ、ハンナさんだ。

ということは、ここはまだキンバリー辺境伯家なのだろう。

「はい。ご迷惑をおかけしてしまったみたいで、大変申し訳ありません……」

「お気になさらないでください。熱が下がったみたいで、何よりです」

ハンナさんは手際良く私の額に置かれていた布を取り、熱が下がったことを確かめると、ベッドの脇に置かれていた水差しの水をコップに注いで渡してくれた。どうやら私は、丸一日半は寝ていたらしい。

「何かお召し上がりになれるようでしたら、スープなどをお持ちしますが」

「あ……お願いしてもいいでしょうか？」

「かしこまりました」

倒れて迷惑をかけてしまい、看病もしてもらっているのに、これ以上お世話になるのは気が引けた。だけど、病み上がりで空腹のままここを出ても、きっとまた倒れてしまうだけだ。私は開き直って、お言葉に甘えさせてもらった。

「どうぞ、食べられる物だけでもお召し上がりください」

しばらくして、ワゴンにのせられ運ばれてきた料理に、私は生唾を飲み込んだ。

肉や野菜など具だくさんのスープに、やわらかそうなパン、食べやすいよう一口大に切られたフルーツまで添えてある。

「こんなご馳走、久しぶり……！」

思わずつぶやいてしまった私は、添えられたスプーンを手に取って、まずスープを口に運んだ。野菜の甘味やお肉の旨味が溶け込んでいてとてもおいしい。具材はどれもじっくりと煮込まれていて凄《すご》くやわらかいし、何よりもまだ湯気が立っているほど温かいのが嬉《うれ》しかった。ここ数年はずっと冷えきった食べ物しか口にしていなかったから。

パンはふわふわで温かく、小麦の甘さと香ばしさがたまらない。病み上がりのせいかあまり食欲がなかったことも忘れて、つい二個目のパンに手が伸びる。

おいしい。こんなにまともで温かい食事は、本当に久しぶりだ。ありがたくて涙が出てくる。

結局私は、パンを一個だけ残してあとは綺麗に平らげてしまった。

「ご馳走さまでした。ありがとうございました」

「いいえ。どうぞまだおだいじになさってください。何かありましたらお呼びください」

ハンナさんが退室した後、私は再びベッドに横たわった。とはいえ、丸一日半も寝ていたのだし、すっかり目も冴《さ》えてしまっている。こうなると寝ているだけというのもしんどいものだ。

……これからどうしよう……。

先のことが思いやられて、私はため息をついた。幸いにも、キンバリー辺境伯は病人を追い出すほど非情ではなかったが、直ちにお帰り願おう、と言われてしまっている以上、さすがに回復すればここを出ていかざるを得なくなるだろう。

……いっそのこと、辺境伯やこの家の人達に泣きついてみようか。

そんな考えが頭をもたげた。

私一人の力ではもう限界だ。このままでは遅かれ早かれ、きっとまた倒れてしまうだろう。今回はたまたま看病してもらえたが、次はそのまま死んでしまうかもしれないのだ。

それに今回だって、もし辺境伯家の方々が血も涙もなかったならば、今頃私はこうして生きてはいなかっただろう。そう思うとゾッとする。

フォスター伯爵家ではあの三人に虐げられ、使用人達も皆見て見ぬふり。下手をすれば便乗して仕事を押しつけてきたり見下してきたりするような人達ばかりだったから、誰にも頼れなかった。

だけど、キンバリー辺境伯家の方々は違う。辺境伯の人柄はまだよく分からないけれど、少なくともリアンさんやハンナさんはとても優しい。そんな人達にさらなる迷惑をかけてしまうのは心苦しいけれど、今はなんとしても生きていく道を確保しなければならない。どうにか頼み込んで、仕事を紹介してもらえないだろうか。

……きっと、私が生きる道は、それしかない。

断られてしまったら、またその時考えようと、私はとりあえず、今は仕事で出かけているというキンバリー辺境伯の帰りを待つことにした。

◇◇◇

全く……。いとこ殿のお節介にもほどがある。

仕事を終えた帰宅途中、屋敷が見えてきたところで、いまだ寝込んだままのフォスター伯爵令嬢のことが頭をよぎり、俺は盛大に舌打ちした。

＊＊＊

十日ほど前のことだ。

いとこである国王陛下から手紙がきていた。要約すると、『お前の悪評が広まりすぎて嫁の来手が全くないようなので、こちらが貴族に呼びかけてなんとか一人確保した。今度こそうまくやれ』とかなんとか。

即座に断りの手紙を出したものの、どうやら行き違いがあったようで、令嬢がこちらに到着する方が早かったようだ。

いとこ殿は何も分かっていない。キンバリー辺境伯領には、都会に馴染《なじ》んだか弱い貴族令嬢など不要なのだ。

どうせ今度のフォスター伯爵令嬢とやらも、他の女達と同類に決まっている。おまけに国王陛下が一枚噛《か》んでいるとはいえ、こちらの返答を待たずに押しかけてくるなど言語道断、絶対にろくな女ではない。さっさと追い返さなければ。

そう思っていた俺は、フォスター伯爵令嬢と対面するなり、『直ちにお帰り願おう』と拒絶の言葉を叩きつけたものの。

「……と言いたいところだが、さすがに今日はもう遅い、明日の朝一番で……」

話している途中で、フォスター伯爵令嬢の身体が揺らめく。

「ッ！　おい‼」

急いで手を伸ばし、辛うじて倒れる前に抱き止めることはできた。

「おい！　どうした、しっかりしろ！」

よく見ると、フォスター伯爵令嬢の顔は赤く、身体は小刻みに震えている。呼吸も浅くて速い。もしやと思って額に触れると熱かった。恐らく旅の疲れが出たのか、もしくは北の地の気候ゆえか、風邪でも引いてしまったのだろう。

「旦那様、どうかなさいましたか？」

俺の声を聞きつけたのか、ハンナが駆けつけてきた。

「ハンナ、彼女の世話を頼む。どうやら熱があるようだ」

「はい、かしこまりました」

ハンナに必要な物を取りに行かせ、俺は彼女をベッドに運ぶためにその身体を抱え上げて目を見張った。

軽い。

彼女の身体は異様に軽かった。違和感を覚えた俺は、客室のベッドに運んで寝かせると、改めて彼女を観察する。

身体は細くて肉づきは薄く、手首は骨ばっている。手は荒れてかさついている上に、所々あかぎれが見受けられた。これが伯爵令嬢の手だとはにわかには信じがたい。毎日朝から晩まで水仕事をして働いている者の手だというなら理解できるが。

長い黒髪は艶もなく、きちんと手入れされている様子もない。唇も荒れてひび割れている。

着ているドレスは、辺境の地に住まうゆえに流行り物に疎い俺でも分かるほど、明らかに流行遅れのもの。しかもよく見れば夏物のドレスだ。初冬の北の地にこんな薄手の服でいたら、それは風邪も引くだろう。

……この女、本当に伯爵令嬢なのか？

彼女の格好に眉をひそめたところで、戻ってきたハンナに彼女を任せて部屋を出る。家令のリアンに、まずは医者を呼ぶよう指示した。

彼女を診察した医者の見立ては、やはり風邪だった。軽い栄養失調にもなっているので、目が覚めたら十分な栄養を取らせるようにとのことだ。

怪しい。フォスター伯爵家は代替わりしてから金遣いが荒くなったと聞いている。そんな家の娘がそう簡単に栄養失調になどなるものか。彼女が回復し次第、事情聴取をせねばなるまい。

俺は再びリアンを呼ぶ。

「王都の屋敷の者に連絡して、サラ・フォスター伯爵令嬢のことを調べさせろ。ついでにフォスター伯爵家のこともだ」

「かしこまりました」

厄介事になる予感しかせず、俺はため息を吐き出した。

＊＊＊

帰宅した俺は、ハンナからフォスター伯爵令嬢が起きたとの知らせを受けた。状況を聞きながら、彼女のいる客間へと向かう。

「話はできる状態なんだろうな」

「はい。お目覚めになってからは、しっかりと受け答えをされておられますし、食欲もおありのようです。ですが……」

「なんだ？」

客間の扉の前で足を止めた俺は、言いよどむハンナに、続きを促す。

「……少々気になることがございまして。お医者様のお言いつけ通りに、病人食をお出ししたのですが、『こんなご馳走、久しぶり』とつぶやいておられまして……」

「ご馳走だと？」

病人食がご馳走だというのであれば、今までろくな食事を取ってこなかったということだろうか。フォスター伯爵家はどうなっているのだと思いながら、俺は扉をノックした。

「失礼する」

「キンバリー辺境伯！」

俺が部屋に入ると、彼女はすぐにベッドから身を起こそうとした。

「そのままでかまわん。病み上がりだろう」

「お気遣い、ありがとうございます」

ハンナが介助し、フォスター伯爵令嬢は枕をクッション代わりに背中に当ててもたれる姿勢を取った。

「このたびは、大変ご迷惑をおかけしてしまい、申し訳ございませんでした。看病していただき、本当にありがとうございました」

「大したことではない。まさか病人を叩き出すわけにはいかんからな」

「お世話になってばかりで誠に恐縮ではございますが、キンバリー辺境伯に一つお願いがあるのです」

「願いだと？」

俺は思わず顔をしかめた。

多少回復してすぐに注文を口にするなど、随分と面の皮が厚いようだ。こういった類いの女のお願いなど、どうせろくなことではないと苛立《いらだ》ちを覚える。

「どうか私に、仕事を紹介していただけないでしょうか⁉」

「なんだと？」

勢い良く深々と頭を下げたフォスター伯爵令嬢の予想外の要望に、俺は度肝を抜かれたのだった。

◇◇◇

「どうかお願いいたします‼　お金を全く持っていない上に、帰る場所もなければ行く当てもないんです！　今ここを出たら、魔法も使えない私は、確実に凍死か餓死か野垂れ死にしてしまいます！　仕事をご紹介いただけたら、一生懸命働いて、決してご迷惑はおかけいたしませんから！」

頭を下げたまま、必死にお願いして、キンバリー辺境伯の返事を待つ。しばらくして、深くため息を吐き出す音が聞こえた。

どうしよう。やっぱり駄目なのかな？

もし拒否されてしまったら、と思っただけで、視界が滲《にじ》んでくる。祈るような気持ちで、ギュッと目を瞑《つぶ》りつつ涙をこらえた。

「……伯爵令嬢が仕事を紹介しろだなどと、随分突飛な話だな。まずは事情を説明してもらおうか」

「は、はい」

キンバリー辺境伯に促されて、私は顔を上げた。

良かった、話だけでも聞いてもらえるみたいだ。

即座に断られず、少し安心した私は、簡単に身の上話を語った。

元々平民の出で母子家庭で育ったこと。お母さんの死後は前フォスター伯爵である父に引き取られたこと。その父も死に、異母兄が伯爵位を継いでからは、継母と異母兄と異母姉に使用人以下の扱いを受けていたこと。そしてここに来る時に、異母兄から何があっても二度と戻ってくるなと言われたこと。

「……なるほどな。合点がいった。道理で伯爵令嬢にしてはおかしな点が多々あるわけだ」

私の話が終わると、苦りきった表情で、キンバリー辺境伯が吐き捨てるように言った。

多分だけど、私の見た目のことを言っているんじゃないかと思った。ボサボサの髪にガサガサの肌にガリガリの身体では、どう見ても貴族令嬢には見えないだろうから。

「……お見苦しい姿をお見せしてしまって、申し訳ありません」

「謝る必要はない。お前のせいではないだろう」

うつむく私に辺境伯がかけてくださった言葉に、じわりと胸が温かくなる。

「仕事については考えておく。まだ身体が本調子ではないだろう。完全に回復させることを優先しろ」

「あ……ありがとうございます‼」

キンバリー辺境伯のありがたいお言葉に、私は目を見開いて、勢い良く頭を下げた。

良かった……‼　噂なんて当てにならないものだわ。この方のいったいどこが冷酷無慈悲だというんだろう。

胸を撫《な》で下ろしつつ、噂を鵜呑《うの》みにしてしまっていたことを反省していた時、それまで黙って控えていたハンナさんが口を開いた。

「旦那様。一つお尋ねしたいのですが、恐れ多くも国王陛下からご紹介いただいた伯爵家のご令嬢に、どのようなお仕事をご紹介されるおつもりですか？」

にっこりと笑顔を見せているハンナさんから、なぜか圧力を感じる。

「……それは今から考える」

「そうですか。まさかとは思いますが、平民の仕事を紹介して、このお屋敷から放り出すおつもりではありませんよね？　折角国王陛下がお声がけしてくださって、わざわざ遠方からお越しくださったご令嬢ですもの。そんな扱いをしてしまったら、国王陛下のお顔に泥を塗ってしまう行為だということくらい、旦那様ならすぐにお分かりになりますものね？」

「……」

キンバリー辺境伯は無言のまま、苦虫を噛《か》み潰《つぶ》したような表情をしている。

「あの、私はそれでも全然かまいません。平民として暮らしてきた時間の方が長いの、で……」

私が横から口を挟んだら、ハンナさんの笑顔がこちらを向いた。圧力までそのままこちらに向けられたように感じるのは気のせいだろうか。

なんでだろう？　黙っていろ、と言われている気がするような……。

「ところで、お嬢様はどのような職に就きたいか、何かご希望はおありなのですか？」

「え？　……いいえ、特に希望はありませんが……」

ハンナさんの質問に、私は面食らいつつも少し考えた。

「フォスター伯爵家では、使用人同然の扱いでしたので、洗濯や掃除や針仕事などの類いでしたら即戦力になれるかと思います。多少なりとも淑女教育は受けておりましたので、読み書きや計算もできます。どんなお仕事でも精いっぱい頑張ります！　……でももし、希望を言っていいのなら、恥ずかしながら今はお金も住む場所もないので、お給金を前借りさせていただけたり、住み込みで働ける所だったりすると助かるのですが……」

そんな好条件な仕事なんてないよな……と自分でも思いつつ、口に出すだけ出してみる。

二人とも眉間に皺《しわ》を寄せて私の話を聞いていたが、やがてハンナさんがにっこりと微笑んだ。

「まあまあまあ、そうですか。そのご希望にピッタリのお仕事がございますよ」

「本当ですか⁉」

まさか本当にそんな仕事があると思っていなかった私は、思わず身を乗り出した。

「はい。お嬢様さえよろしければ、このお屋敷で働いてみませんか？」

ハンナさんの返事に、目を輝かせる私とは対照的に、キンバリー辺境伯はギョッとしたように目をむいた。

「ハンナ！　新しく人手など増やす必要はないだろう！」

「私も最近は年を取ってまいりましたので、少々きつく感じるようになってしまった仕事もございます。そういったところを手助けしてくださる方がいると助かるのですが……」

「クッ……」

ニコニコと微笑むハンナさんに、キンバリー辺境伯が口をつぐむ。

「あ……あの！　私としては、ぜひお願いしたいのですが！　一生懸命働きますので、どうか雇っていただけないでしょうか⁉」

私はキンバリー辺境伯に頭を下げて頼み込んだ。

フォスター伯爵家で使用人同然に扱われてきたのだから、この屋敷での仕事なら、きっと私にもできるはずだ。ハンナさんはなんでか分からないけれど、どうやら私の味方になってくれているみたいだし、こんな好条件の職場、絶対に逃したくはない。

頭を下げた姿勢のまま、しばらく微動だにせずにいると、やがて長い長いため息を吐き出す音がした。

「……三ヶ月は、試用期間として雇ってやる。そこから先は勤務態度を見て判断する。それでいいな？」

「はい！　ありがとうございます‼」

なんだか疲れたような表情で退室していくキンバリー辺境伯の背中に向かってお礼を叫ぶ。ハンナさんにも心からお礼を言い、私は久しぶりに嬉しさで胸がいっぱいになったのだった。

本当に良かった……‼　キンバリー辺境伯は、噂なんかとは全然違って、とても優しくていいお方だわ！　ああもう、感謝してもしきれないわ……！

◇◇◇

ハンナめ、余計な真似《まね》を……。

客室を出た俺は、頭を抱えたくなった。

ハンナの言いたいことは分かっている。折角国王陛下の口利きでこんな田舎まではるばる来てくれたのだから、屋敷に置いて、フォスター伯爵令嬢に辺境伯夫人としての適性があるかだけでもちゃんと見てみろ。と性懲《しょうこ》りもなく顔にでかでかと書いてあった。

くだらん。貴族令嬢など、どいつもこいつも似たり寄ったりだ。

……と言いたいところだが、確かに彼女は普通の令嬢達とは少し違うのかもしれない。彼女の話の真偽はさておき、仕事を求めてくる令嬢など、前代未聞なのだから。

＊＊＊

ヴェルメリオ国最北端に位置するだだっ広いキンバリー辺境伯領は、隣接する領地でも領主館との行き来に最短でも馬車で丸一日はかかってしまう。そして王都からも遠いため、社交シーズンであっても最低限の夜会にしか顔を出さない。北の国境の向こう側には魔の森が広がっており、人を襲って食べてしまう魔獣が領地に侵入してくることもあるので、長く領地を留守にすることができないのだ。

こんな辺鄙《へんぴ》な田舎の領地であるため、王都周辺の貴族のように、頻繁にお茶会を開いたり夜会に出席したりして、情報交換や交渉事の根回しをすることなど、キンバリー辺境伯領ではそもそも不可能だ。領民達が王都での流行り物の情報にも疎ければ、領地には即座に最先端の物を取り扱うような洗練された店もない。

それどころか、時折魔獣が襲来してくる危険性がある。そんな時、身を守る術を全く持たず、何もできないだけならまだいい方だ。パニックを起こしたり泣きわめいたりで、こちらの足を引っ張り、周囲をより危険にさらすような、元王女である母のような箱入り娘などお断りなのである。

政略結婚である俺の父と母は、遂に打ち解けることはなかった。辺境の地で魔獣と戦い国の安全を守る父を、労《ねぎら》いたい前国王陛下。また父の整った顔立ちに母が好意を持ち、兄である前国王陛下にそれとなく告げた結果。王妹の降嫁で領地が注目され、活性化するかもしれないと考えた父との思惑が一致して、王妹と辺境伯の婚姻が成立した。だが、望んで嫁いできたはずの母の不満は日に日に増していった。

お茶会が開けない。王都で流行りのドレスを仕立てられない、夜会にも出られず、ほとんど田舎の領地に引きこもってばかりでつまらない。こんなはずじゃなかった。などと母は次第に周囲に愚痴をこぼすようになった。降って湧いたような王妹の降嫁話を光栄としつつも、結婚前に父が何度も説明して確認した時には、そんなことは気にしないと言っていたのにもかかわらず。

跡継ぎである俺が生まれた後も、二人の仲は冷えきったままだった。そして俺が十六歳になったばかりの頃、魔獣が領地に侵入してきた時に、悲劇は起こってしまったのだ。

たまたま母が気晴らしに出かけていたところに魔獣が出現してしまい、初めて魔獣を目にした母はパニックを起こした。大きな悲鳴を上げた母が、護衛の制止も聞かずにわめいて逃げ惑ったせいで、逆に魔獣の気を引く結果になった。そして標的になってしまった母を守ろうとした護衛ともども、命を落としてしまったのだ。

元王族である母を守れなかったことにより、父は責任を感じて一線を退いた。父からキンバリー辺境伯位を受け継いだ身として、俺は母のような悲劇を再び繰り返すわけにはいかない。

だが俺に寄ってくるのは、俺の外見や地位しか見ず、領地のことをまるで理解していない女達ばかりだ。

私こそはと自信満々で婚約者に名乗り出た令嬢に、試しに捕らえておいた魔獣と対面させてみれば、泡を吹いて卒倒し、後日丁重に断られたことは一回や二回ではない。ひどい者は、領地がどれだけ田舎であるかを説いただけで後ずさりする始末だ。

そんなことが繰り返され、俺はすっかり女に嫌気が差していた。幸か不幸か、縁談を断ってきた貴族どものうち、やけに自信に満ちていたわりには、即座に醜態をさらして辞退してきた令嬢の家が、無駄にプライドだけは高かったらしい。俺がまるで血も涙もない冷酷な人間であるかのような噂を王都でせっせと流しているようだが、それが女除《おんなよ》けになるなら気にも留めない。

すでに俺は女に興味など持てなくなっていたし、跡継ぎなら親戚から養子でも取ればいいと思っている。

そんな俺の思惑とは裏腹に、周囲はいまだにしつこく良家の娘との縁組を勧めてくる。いい加減うんざりして反吐《へど》が出そうだ。

しいて言うなら、辺境伯夫人として望ましいのは、良家の娘などではなく、この田舎の地のことを理解し、ここでの生活に馴染んでくれる人物だ。別に多くは望まない。たとえ魔法が使えず、身を守る術を持たなくとも、魔獣の出現などの緊急時に、こちらの足手まといにならず、どこか安全な場所に隠れているだけでいい。

だがそんなことすらもできず、魔獣を目にしただけで腰を抜かし、護衛やメイドがいないと何もできずにただ震えているような令嬢達しか、俺は目にしたことがない。なのでこの先結婚してもいいと思える令嬢が現れるかもしれない、などという無駄でしかない期待など、俺はとっくの昔に捨て去っている。

フォスター伯爵令嬢を見捨てるわけにもいかないし、子供の頃は俺の家庭教師を務めていたハンナには今も頭が上がらない。何よりも国王陛下の顔を立てるために、彼女を一旦屋敷に置くことにした。だが、どうせそう長くは続かないだろう。

事情が事情だけにしばらくはこの地にとどまるだろうが、彼女だって他の令嬢達同様、何もなく辺鄙で寒冷で危険な土地にすぐに嫌気が差すに違いない。手元に金が貯まって今後の生活の見通しさえ立つようになれば、即刻この屋敷を離れたがるに決まっている。

さて、何ヶ月もつことやら。

俺はそんなふうに考えながら、リアンを呼び、フォスター伯爵令嬢をこの屋敷で雇う旨を告げた。

「そうですか！　かしこまりました。ではすぐに手配をいたします」

やけに嬉しそうな弾んだ声で、早速書類の準備を始めるリアンに、そういえばこいつもハンナと同類だった、と俺は頭を抱えたのだった。

２．新しい生活

翌朝目が覚めると、すっかり熱も下がっていて、体調もほとんど回復していた。

これなら、今日からでも働けそうだわ！

借りていた高そうなネグリジェを脱いで、自分が持ってきた古いドレスに着替える。だがやっぱりこの格好だと寒くて、折角治った風邪がぶり返してしまうかもしれない。情けない話だけど、お給料を前借りでき次第、最低限の服だけでもすぐに新調しないと、と思っていると、部屋の扉がノックされた。

「おはようございます、サラ様、起きていて大丈夫なのですか？」

朝食を持ってきてくれたハンナさんが、私を見て目を見開いた。

「その格好ではお寒くはありませんか？　少々お待ちくださいませ」

暖炉に火を入れてくれたハンナさんは、部屋を出ていったかと思うと、すぐに暖かそうなショールを持ってきてくれた。

「とりあえず、こちらをお召しになってくださいな」

「いいんですか？　ありがとうございます」

私は昨日から辺境伯に雇われたはずの身なのに、こんなに至れり尽くせりでいいのだろうか。

そう思いながらも、寒さには勝てず、勧められるままありがたくショールをお借りした。ふわふわの毛でできたショールは、肌触りも良くてとても暖かい。だけど高そうなので、絶対に汚さないようにしないと、と緊張する。

「寒くはありませんか？　では朝食にいたしましょうか」

「ありがとうございます。わあ、朝から豪華ですね！」

パンに温かいスープ、卵料理にサラダにフルーツ。私は思わず目を輝かせた。朝はまだ皆が寝静まっているうちに、まるで盗むようにしてパンの欠片《かけら》を口にしていたフォスター伯爵家とは大違いだ。食欲もすっかり戻っていて、私は残さず全て頂いた。

「ご馳走さまでした。とてもおいしかったです。ありがとうございました」

「お口に合って何よりです。料理人も喜ぶでしょう」

食器を片づけ始めるハンナさんに、私は尋ねる。

「あの、おかげさまで私の体調もすっかり良くなりました。今日からでも働きたいのですが、私は何をすればいいですか？」

「ああ、そのことでしたらお気になさらず。サラ様はまだ病み上がりですので、今日は一日だいじを取っていただいて、様子を見ながら明日以降にお手伝いしていただこうと話していたんです。のちほど家令のリアンと共に改めてまいりますので、それまでごゆっくりお過ごしください」

「分かりました。ありがとうございます」

ハンナさんが退室し、私はとりあえずソファーに座って寛《くつろ》いでみた。

……ゆっくりって、何をすればいいんだろう？

フォスター伯爵家のように、病み上がりにもかかわらず、三度の食事の準備と後片づけ、掃除に洗濯、買い出し、さらには草むしりや虫退治などの嫌がらせじみた雑用を矢継ぎ早に押しつけられて、休みなく働かされるのはさすがに嫌だ。……が、働く気満々だったのに、急に手持ち無沙汰になってしまって、どうしたらいいのか分からない。

……そうだ、持ってきた服でも繕おうかな。裁縫道具とか借りられないかしら？

そう思い立ち、ハンナさんに聞きに行こうと腰を上げたところで、扉がノックされた。

「失礼いたします」

ハンナさんとリアンさんが一緒に入ってきた。

「サラ様、改めまして、どうぞよろしくお願いいたします」

にこやかに一礼してくれたリアンさんに、私も頭を下げる。

「こちらこそよろしくお願いいたします。あの、私はキンバリー辺境伯に雇っていただいた身ですので、お二人とも『様』はつけていただかなくて結構ですよ」

私がそう言うと、リアンさんもハンナさんも戸惑ったように顔を見合わせた。

「そういうわけにもまいりません。サラ様は伯爵家のご令嬢なのですから」

「私は元々平民です。どうしてもとおっしゃるのなら、私もリアン様、と呼ばせていただきますね」

にこりと笑ってそう告げると、リアンさんは困惑したように眉を下げた。

「……分かりました。では恐れながら、サラさん、と呼ばせていただきます。私のことはぜひリアン、と」

「ありがとうございます。ですがこのお屋敷では私は新人でお二人は先輩ですので、リアンさん、ハンナさん、と呼ばせていただきますね」

「……かしこまりました」

なぜか、まだ朝だというのに、リアンさんはすでに疲れているように見えた。気のせいだろうか。

「では、サラ様……サラさんの雇用形態について、ご説明いたします」

リアンさんとハンナさんの向かい側のソファーに私が腰かけると、リアンさんが契約書を取り出して説明を始めた。

「仕事内容は基本的にハンナと一緒に洗濯や掃除、旦那様の食事の配膳などをしていただこうと思っています。時折状況に応じて他の仕事をお願いするかもしれませんが、その時も臨機応変に対応していただけると助かります」

「はい、分かりました」

思っていた通り、フォスター伯爵家でしてきたこととそう変わらなさそうで安心した。これなら私でもできるだろう。

「サラさんは住み込みを希望されておられるので、勤務時間は旦那様のご用事によっては延長対応していただくこともあるかと思いますが、基本的には六時から二十一時までになります。また、休憩時間は朝、昼、夜の食事時間に一時間ずつと、十時から十一時の間、また十五時から十六時の間に交代で三十分ずつの、計四時間ございます」

「えっ、勤務時間が決まっていて、休憩時間まであるんですか⁉」

私は目を丸くした。ろくに休憩など取らせてもらえず、時には深夜に眠れないからとかで叩き起こされて働かされていたフォスター伯爵家とは雲泥の差だ。

「は、はい。それから、お休みは他の使用人達と交代で週に一度。これは曜日で固定され、サラさんの場合は日曜日でお願いしたいと思っております。それとは別に、日程は相談することになりますが、月に五回までは希望する日にお休みが認められます」

「えっ、お休みももらえるんですか⁉」

私はつい前のめりになってしまった。フォスター伯爵家では毎日休まず働かされていた。これならお休みの日に、生活に必要な物を買いに行くこともできるかもしれない。

「も、もちろんです。あと、住み込みの者のお給料は、月に一万五千ヴェルでお願いしております」

「そっ、そんなに頂けるんですか⁉」

私は目をむいた。

えっと、外食でも安いお店ならだいたい五十ヴェルもあれば、一食のご飯代になるし、百ヴェルもあれば服が一枚買えるから……駄目だ、一万五千ヴェルなんて想像できない。

とりあえず、たくさん頂けることだけは分かった。

「以上の内容でよろしいでしょうか？　何かご不明な点、ご不満な点などはございますか？」

「あ、あの！　むしろこんなに私に良すぎる条件でいいのですか⁉」

「え？　ええ、この内容はこちらの要望ですから……」

目をぱちくりさせているリアンさんを尻目に、私は頬を思いきりつねってみた。

痛い。少なくとも、これは私に都合のいい夢ではないらしい。こんな夢みたいな話があっていいのだろうか。まるでここは天国だ。

いいや、案外私は風邪を引いて倒れた時に、実はそのまま死んでいて、ここは本当に天国なんじゃないだろうか、と少しの間真剣に考え込んでしまった。


リアンさんが差し出した契約書二枚に、目を通して署名する。同じ物をお互いに一枚ずつ保管するのだそうだ。本当にこんな夢みたいな内容で契約できたのか実感が湧かなくて、私用にもらった契約書の文面を何度も読み直してしまった。

「サラさんは、お給料の前借りを希望されておられましたね。お幾らになさいますか？」

「ほ、本当にいいんですか⁉」

なおも前借りができるだなんて、どこまで私に都合がいいのだろう。もう夢でもなんでもいいから絶対に覚めないでほしい！

「ええと……とりあえず、服を買い揃えたいので……そうだ、こちらでの冬服の相場などを教えてもらえないでしょうか？」

私の金銭感覚はフォスター伯爵領で培ったものなので、冬は寒さが厳しいであろうキンバリー辺境伯領では、少し違ってくるかもしれない。そう思い至って、尋ねてみた。

「そうですね……。こちらの相場は基本的に王都よりは少し安価で手に入るかと。ですが、上等な服をご希望でしたら、物によっては入手しにくく高くつく物もありますので、どのような服をご所望されるかによりますが」

「一番安い物でいいです。暖かければなんでもいいので」

私が即答すると、リアンさんとハンナさんは呆気《あっけ》にとられたように顔を見合わせた。

「……そういえばリアン、今日は旦那様がお休みで、商店街に用事があってお出かけされるとおっしゃっていたわよね？」

「あ、ああ、そうだが？」

「でしたらサラ様……いえサラさん、私の方から旦那様にお願いしておきますので、一緒に商店街に行ってこられてはいかがですか？　その方が、実際にご自分の目で、買いたい物やその相場を確認できるでしょうから」

「ええっ、いいんですか？　それはとても助かりますが、旦那様のご迷惑になりませんか？」

もしそうしてもらえるのなら、私はぜひ便乗させてもらいたいが、この場にいない旦那様を無視して、勝手にそんなことを決めてしまってもいいのだろうか？

「では私は、旦那様に相談してまいりますので」

そう言って席を外したハンナさんは、しばらくして戻ってくると、無事に旦那様の許可が取れたと微笑んでいた。

「昼前に出発して、先に旦那様のご用事を済まされてお昼を召し上がったら、サラさんの行きたいお店に連れていってくださるそうですよ」

「本当ですか？　ありがとうございます！」

この屋敷の方々は、本当にいい人達ばかりだ。こんな屋敷で私がこれから働いていけることがありがたくて仕方がなかった。

私は病み上がりなので念には念を入れて、とハンナさんが言って、私に手袋や外套《がいとう》を貸してくれた。恐縮しきりの私にハンナさんは、キンバリー辺境伯邸は緊急時の避難所にもなり得るため、非常食や衣類を常備しているので、気にしないでいいと言ってくれた。すでに借りていたネグリジェやショールも、その一環なのだそうな。

領民達のことなど全く考えず、自分達の服や装飾品ばかりに無駄にお金をつぎ込むしか能がない、フォスター伯爵家の三人とは大違いである。

とはいえ、小柄な私にとってサイズは全て大きめだったけれども、貸してもらえるだけでもありがたいので、そんなことは全く気にしない。手袋も外套もマフラーも、どれもとても暖かくて快適だ。

それから、私は屋敷の中を簡単に案内してもらった。

三階建ての本館は、一階に応接室と食堂。そして舞踏会も開けそうな広いダンスホールがある。そこは緊急時に領民達を収容する役割もあるらしい。旦那様の私室や客室などの広い部屋が、二階と三階合わせて全部で十二室。

綺麗に手入れされた裏庭の向こうには、住み込みの使用人達が住む別館がある。私もそこの一部屋に住まわせてもらえるのだとか。

別館にも領民達を収容できる大部屋があり、別館の隣には、非常用の食料や衣類、毛布や武器が格納されている倉庫がある。

そうこうしているうちに、そろそろ旦那様が出かけるとリアンさんが呼びに来てくれた。連れていってもらう身で旦那様を待たせてしまうなどもってのほかだと、急いで玄関に向かう。

「旦那様、折角のお休みのところ申し訳ございません。できるだけ旦那様のご迷惑にならないようにいたしますので、今日はよろしくお願いいたします」

「……かまわん。ついでだからな」

旦那様は素っ気なかったが、私が馬車に乗る時はエスコートしてくれた。使用人を気遣ってくれるなんて、やっぱり優しくていい方だなと改めて思う。こんな方にお仕えできるなんて、私は本当に幸せ者だ。

馬車が動きだし、私は窓から見えるキンバリー辺境伯領の景色をわくわくしながら眺めた。ここに来た時は、風邪でそれどころではなかったので、こうしてゆっくり辺境伯領を見るのはほとんど今日が初めてのようなものだ。見渡す限り畑や木々が広がる大自然は、とても開放感がある。

「……どこまで行ってもほとんど変わらん景色だ。見ていてもなんの面白味もないぞ」

じっと窓の外を見ていたら、しばらくして旦那様がつぶやくように言った。

「旦那様にとってはそうかもしれませんが、私はこんなに広く彼方を見渡せる景色を見たのは初めてですので、とても開放感があって気持ちいいです」

「……そうか」

旦那様が窓の外に目をやったのを見て、私も再び窓の方を向くと、丁度見たことのない鳥が飛んでいるのが見えた。

「あっ、鳥だ」

「あれはハヤブサだな」

私が思わず口に出すと、旦那様が答えてくれた。

「旦那様、お詳しいんですね」

「この地に住む者なら誰でも知っていることだ」

「そうなんですね。そういえば、ハヤブサはキンバリー辺境伯家の家紋にもなっていましたね。私は本物を見たのは今日が初めてです」

「そうか」

気分が高揚して、私は少しはしゃいでしまったが、旦那様は嫌な顔一つせず、私の話に付き合ってくれた。

「ここは自然が豊かで、とてもいい所ですね。ここにずっと住んでいたら、いつか私も見ただけで鳥の種類を当てられるようになるでしょうか？」

「……どうだかな」

そう尋ねた時だけは、なぜか怪訝《けげん》な表情をされておられたけれども。

やがて馬車は商店街の中に入った。色とりどりのレンガでできたお店が建ち並んでいて、可愛い服や小物が見えたり、新鮮でおいしそうな野菜やお肉があったり、時々いい匂いが漂ってきたりする。飽きずに眺めていると、やがて馬車が一軒のお店の前で止まった。

「修理に出していた時計を受け取るだけだが、お前はどうする？　ここで待つか？」

「旦那様のお邪魔でなければ、ご一緒したいのですが、よろしいですか？」

「かまわん」

再び旦那様がエスコートしてくださって、馬車を降りる。お店に入ると、所狭しと懐中時計や壁かけ時計が飾られていた。

「いらっしゃいませ、キンバリー辺境伯」

お店の奥から出てきた中年の男性が、旦那様を目にして頭を下げた。

「店主、頼んでおいた懐中時計を受け取りに来た」

「かしこまりました。少々お待ちくださいませ」

再び奥に向かう店主の背中を見送りつつも、アンティークなデザインの置時計や、スタイリッシュな懐中時計に私が目を奪われていると、いつの間にか旦那様はすでに用事を済ませてしまわれていた。

「行くぞ、サラ」

「あ、はい！　すみません」

店を出ようとする旦那様に声をかけられ、慌ててそばに戻る。

「……え、え？　キンバリー辺境伯が、若い女性のお連れ様を？」

見送ろうとしていた店主が、私と旦那様を見比べて、なぜかひどく驚いたように目を白黒させていた。

◇◇◇

「とてもおいしいですね、旦那様」

「……口に合ったのなら何よりだ」

テーブルを挟んだ向かいの席で、目を輝かせながら、どこにでもあるような芋料理を、さもうまそうに味わいながら食べるサラを見つつ、俺は自分の分を口に放り込んだ。まずくはないが、取り立ててうまい代物でもなく、慣れ親しんだ普通の芋の味だ。

「このパンもおいしい……。あ、こっちのお野菜も……！」

どれも普通の料理だが、サラはまるで極上の料理を口にしているかのように、目を細めて幸せそうに咀嚼《そしゃく》している。

やはり、この女は変わっている。

気は進まなかったが、商店街に行くついでなのだからと、とてもいい笑みを浮かべたハンナに押しきられる形で、サラを同行させる羽目になってしまった。

どうせ他の令嬢達のように、この土地がどれほど田舎かを目にして、気を落とすに決まっている。

そう思っていたのに、畑しかない景色を飽きもせずに眺めるわ、ここにずっと住む気でいるようなことを口にするわ、田舎料理をうまそうに食べるわと、俺の予想外の言動ばかりしてくる。こんな令嬢は、今まで見たこともない。

「あの、ご馳走してくださり、本当にありがとうございました。とてもおいしかったです、旦那様！」

食べ終えて店を出ると、サラは恐縮しながらも、満面の笑みを浮かべて礼を言ってきた。これも今までになかったことだ。

「気にするな。ところで、服を買いに行きたいのだったな」

「はい。恐縮ですが、この辺で一番安いお店をご存じでしたら、そこに連れていっていただけませんか？　すぐに終わらせますので！」

「……」

またもや予想外の答えが返ってきて、俺は少しの間、絶句した。

……まさかとは思うが、この女、値段で服を決める気なのか？

母が金に糸目をつけず、素材やデザイン、着心地にこだわりながら、流行の最先端を取り入れた服を選ぶ姿勢を見てきただけに、仮にも若い女性が……と俺は頭を抱えそうになった。一応希望通りに、庶民向けの安い服を売る店に連れていくと、サラは目を輝かせて服を物色し始めた。

「わ、この服七十ヴェルだわ！　えっこっちは五十ヴェル!?　安い！」

嬉々《きき》としてサラが手に取る服は、田舎でも型落ち品になるデザインだったり、暗すぎる色の地味で野暮ったく見えるものだったりと、人気がなくて破格の割引商品になっているものばかりだ。

いい加減見ていられなくなった俺は、サラを店から引っ張り出した。

「今からお前を俺の馴染みの店に連れていく。服ならそこで買え」

「えっ、でも旦那様の馴染みのお店なら、お値段がお高いのでは……？」

「仮にもキンバリー辺境伯邸で働こうとする者が、値段だけで服を選ぶな。ちゃんと自分に合う質のいいものを選べ」

「で、ですが、私はお金がなくて……」

「金なら俺が出してやる」

口に出してから、自分でもその言葉に驚いた。今まで貴族令嬢相手に何かを買い与える気になったことなど一度もなかったのだから。

「えっ……で、ですが、さすがにそれは申し訳ないです！　それでなくても、旦那様には雇っていただいた上に、商店街まで連れてきていただいたり、昼食をご馳走していただいたりと、ずっとお世話になりっ放しなので、これ以上ご迷惑をおかけしたくありません……！」

サラは尻込みしているが、こちらとて一度口にした言葉を取り消すつもりなどない。

「たとえ普段着であろうと、住み込みのお前に安物の似合わない服で屋敷の中をうろつかれたくない俺の我儘《わがまま》だ。つまりキンバリー辺境伯邸で働くための必要経費、ということは俺が服の代金を支払って当然だろう」

「……も、申し訳ありません……」

眉尻を下げ、肩を落として小さくなってしまったサラに、俺は戸惑う。

普通の令嬢なら、服を買い与えれば喜びそうなものなのに、なぜサラは落ち込むのか。どうにもうまくいかなくて、俺はため息をついた。こんな悲しそうな顔をさせるつもりはなかったのだが……。

「……それか、お前の就職祝いだとでも思えばいい」

少しでもマシな言葉を探してそう口にすると、サラは目を丸くして顔を上げた。

「は、はい……！　ありがとうございます！」

ようやくサラに笑顔が戻り、俺は知らず胸を撫で下ろしていた。


馴染みの服屋に入ると、俺の顔を見て、店主がすぐに駆け寄ってきた。

「彼女に合う服を五着。それと下着と寝間着も十組ほど見繕ってやってくれ」

「か、かしこまりました」

目を白黒させながらも頭を下げる店主と店員達。大方、俺が女連れなのが珍しいからだろう。別にどうでもいいが。

「だ、旦那様、私、そんなに必要ありません。仕事中は制服だと聞いていますし」

この期に及んでなおも遠慮するサラをじとりと見やる。

「冬は雪で洗濯物が乾かないことも多い。替えの服は必要だ」

「は、はい……」

中年の女性店員に連れられて、サラは採寸をしに店の二階へと上がっていった。これで少しはまともな格好になるだろう。


一階で紳士服を眺めていると、しばらくして店員が呼びに来たので二階に上がる。いくつかある個室のうちの一室に案内されて中に入った。

「いかがですか？　閣下。可愛らしいお嬢様によくお似合いだと思うのですが」

さすがはプロの仕事だ、と俺は感心した。

クリーム色の暖かそうなワンピースは、シンプルなデザインだが所々にフリルがついていて、華奢《きゃしゃ》なサラの体型に女性らしいボリュームを持たせている。女性の服の善し悪しなど俺にはよく分からないが、少なくとも先ほどサラが自分で選んでいた服よりは、よほど似合っていると確信が持てた。やっとまともな格好をしたサラの姿に、知らず俺の口角が上がる。

「悪くない。その調子で頼む」

「かしこまりました」

「あ……ありがとうございます、旦那様！」

嬉しそうにはにかむサラの笑顔を目にして、俺は満足した気分で個室を出た。

◇◇◇

ボルドー色の光沢のあるワンピースに袖を通し、白いエプロンをして、私は姿見の前に立った。背中まである黒髪を一つにまとめて気合を入れる。

よし、今日から頑張るぞ！

支給された制服は、着心地が良くて暖かいし、意外と動きやすい。昨日旦那様に買ってもらったワンピースとほとんど遜色ないくらいの上等な物だ。こんなに素敵な服が制服なのもありがたい。

昨日は嬉しかったな、とつい私は思い出す。

商店街に連れていってもらって、昼食をご馳走してもらって。久しぶりの外食で、マナーを覚えているか不安だった私を察してくださったのかどうかは分からないけど、旦那様がメニューを説明したり、お手本を見せてくれたりして。そして私の身体にピッタリ合う、お洒落《しゃれ》で可愛い服をたくさん買ってもらって。

私は帰りの馬車の中で何度も旦那様にお礼を言った。最初は素っ気なかった旦那様に最後はうるさがられてしまったけど、それくらい嬉しくて舞い上がっていたのだ。プレゼントなんて最近全然なかったものだから、就職祝いだと言われて、なおさら。

　こんなに優しくて、私に良くしてくれる旦那様のお目汚しにならないためにも、もう二度と値段だけでは服を選ばないと反省する。今度からは、ちゃんとキンバリー辺境伯家の使用人にふさわしい、上質な服を選ぼう。……お買い得だとなおいいなぁ。

　そんなことを思いながら食堂に向かう。扉を開けると、すでにハンナさんの姿があった。

「おはようございます、ハンナさん。今日からよろしくお願いします」

「おはようございます、サラさん。こちらこそよろしくお願いいたします。早速ですが、旦那様の朝食の用意を手伝っていただけますか？」

「はい！」

　ハンナさんに教えてもらいながら、旦那様の朝食の準備をする。その合間に洗濯の準備だ。屋敷中の洗濯物を浸け置き洗いしている間に、旦那様が朝食を終えられるので、出勤のお見送りをする。

　旦那様は、ヴェルメリオ国の北の国境を魔獣から守る国境警備軍の総司令官を、国王陛下から任されている。屋敷から北の方向にある川沿いに砦《とりで》があり、普段はそこで軍の指揮を執り、仕事をしているそうだ。時には魔獣と戦うこともあるらしいので心配だが、旦那様は数頭の魔獣を同時に相手できるほど、とても強いのだとか。

旦那様を見送った後は、交代で朝食を取り、洗濯を終えて干したら、今度は掃除だ。

「ハンナさん、高い所は私がやりましょうか？」

「まあ、そうしていただけると助かります」

少しでもハンナさんの役に立ちたくて、脚立を使って高い所の埃《ほこり》を落としたり、重い物を移動させたりする作業は積極的に引き受けた。

掃除が一段落してきたところで、休憩時間になったとハンナさんに言われて、厨房でお茶とお菓子を頂いた。

「この焼き菓子は、昨日旦那様にお土産《みやげ》で頂いたんですよ」

「えっ、そうなんですか!?」

なんと旦那様は、商店街へ行くたびに使用人達にお土産を買ってきてくれるらしい。なんて素晴らしい主人なんだろう！

昨日私が服の試着をしている間に、旦那様が何か買ってきていたようだったけれども、これだったのかなと思いながら、ありがたく頂戴した。バターの凄くいい香りがするフィナンシェは、しっとりしていてとても口当たりがいい。

おいしい。そういえば、お菓子を食べるのは久しぶりかも。こんなお屋敷で働けて、本当に幸せだなぁ……。

幸せ気分に浸りながらお菓子を食べ終え、ふと気がつくと、なぜか皆さんが微笑ましそうに私を見ていた。

「サラさんは、本当においしそうに召し上がられますね」

「そ……そうでしょうか？」

いつの間にか皆の注目を浴びていて、私は赤面した。

やだ恥ずかしい。気づかないうちにがっついちゃっていたかな？

ちなみに、仕事の合間にキンバリー辺境伯邸で働く皆を紹介してもらった。

家令のリアンさんとメイド頭のハンナさんは、実は夫婦だとのこと。道理で仲が良さそうに見えるわけだと納得した。二人の息子で旦那様の一つ年上のベンさんは、リアンさんによく似た茶髪に茶色の目をしている。今は少しずつリアンさんの仕事を引き継いでいる最中らしい。

あとは通いで働いている、御者兼馬丁のフィリップさん、料理人のケイさんに、庭師のレスリーさん。皆四十代の気のいいおじ様方だ。ちなみに、旦那様以外は皆魔法が使えないらしい。

休憩の後は、掃除を再開。広い屋敷なので、どうしても時間がかかってしまう。集中して一部屋ずつ綺麗にしていると、いつの間にか昼休憩の時間になっていたらしく、ハンナさんが呼びに来てくれた。ケイさんが作る賄いがとてもおいしくて、私はまた幸せを噛みしめる。お腹いっぱい食べられるって本当に幸せだ。生きていて良かったと実感する。

おいしいおいしいと言いながら食べていたら、ケイさんに特別にデザートを頂いてしまった。よほどお腹が空いていたのだと思われてしまったんじゃなかろうかと、少し恥ずかしかったが、ケイさん特製プリンを一口食べたら、そんなことはどうでもよくなってしまった。たとえ食い意地が張っていると言われようとも、ぜひまた食べさせてもらいたいおいしさだ。

のんびり賄いを食べ終えた後、屋敷の全ての窓を、時間を忘れてひたすらピカピカに磨いていると、今度はティータイムだとハンナさんに呼ばれた。こんなにゆっくりできるなんて、本当に恵まれているとしみじみ実感しながら、ありがたくクッキーをつまませてもらった。

おいしいお茶とお菓子を頂いた後は、洗濯物を取り入れて片づける。ついでに緊急時用の非常食や衣類の管理の仕方についても、ハンナさんに教えてもらった。

夕食の準備を少し手伝い、帰宅した旦那様を出迎え、旦那様が夕食を終えられると、私達も交代で夕食を頂く。こうして一日の仕事を終えて、使用人用の浴室で一日の汚れを洗い落として、さっぱりした気分でベッドに入る。

理不尽に余計な雑用を増やされることもなければ、八つ当たりされてこき使われることもない。夜は徹夜させられることも途中で叩き起こされることもなく、清潔でふかふかのベッドで朝までぐっすりと眠れる。食事を抜かれることもなく、三食きちんとお腹いっぱい食べられるし、休憩もできるし、お菓子まで食べられる。屋敷の人達は皆優しくて、新人の私を可愛がってくれる。

旦那様はちょっと無愛想だけど、優しくて尊敬できるとてもいい人だし、ここはまるで天国のようだ。

フォスター伯爵家でも似たような仕事をしていたけれども、いい人達に恵まれたキンバリー辺境伯家の方が、圧倒的にやりがいがあった。

二日もしないうちに、私はすぐに仕事に慣れて、毎日を楽しく過ごすようになったのだった。

本当にありがたいな。キンバリー辺境伯家の人達には、感謝してもしきれないわ。今はまだ試用期間だけど、早く正式に雇ってもらえるように頑張ろう。そしていつか、旦那様や皆さんに、恩返しできるようになりたいな……。

◇◇◇

「おかえりなさいませ、旦那様」

「……今帰った」

帰宅した俺は、使用人達と共に頭を下げた一人の少女を一瞥《いちべつ》した。

一週間ほど前から屋敷で働き始めたサラは、日に日に表情が明るくなっているような気がする。最初はどうせ仕事への意欲も長続きせず、そのうち不平不満ばかりを口にするのではないかと思っていた。だが彼女は積極的にハンナを手伝い、使用人達とも打ち解けて、毎日楽しそうに過ごしていると聞く。

八年前、俺がまだ辺境伯位を継いだばかりの頃は、俺に媚《こび》を売ろうとしたり、俺の視界に入ろうとして仕事を取り合って騒ぎを起こしたりする若い女性の使用人が後を絶たなかったため、全員クビにして以降、若い女性は雇わないようにしていた。だが、サラはそんな面倒事を起こす気配もなく、真面目に仕事に取り組んでいる。

サラは俺の想像の斜め上を行ってばかりだ、と思いながら夕食を済ませ、自室で寛いでいると、扉がノックされた。

「失礼いたします、旦那様」

部屋に入ってきたのはリアンだった。以前命じておいたフォスター伯爵家の報告書が上がってきたらしい。

「サラ様に関しては、話の裏付けが取れました。やはりフォスター伯爵家で、相当ひどい扱いを受けておられたことに間違いないようです」

「だろうな」

リアンから受け取った報告書に目を通し、俺は眉間に皺を寄せた。

サラから聞いた身の上話と矛盾する点はなく、納得のいく内容だった。報告書を読んで、改めて彼女から聞いた話が真実だと確信し、今まで彼女が受けてきた仕打ちの詳細を知って、フォスター伯爵一家に怒りを覚える。

「フォスター伯爵家に関しては、サラ様の異母兄のトリスタン・フォスターが伯爵位を継いでからは、金遣いが荒くなったり、周囲の貴族に怪しげな投資話を持ちかけてきたりと、あまりいい話を聞きません。屋敷に人相の悪い連中が出入りするようになったとの噂もあります。こちらはさらに調査を継続させ、何か分かればまたご報告いたします」

「分かった」

退室するリアンを見送り、憤りを覚えながら就寝する。

サラがあんなに小柄で痩せているのは、フォスター伯爵家で虐げられていたからだったのだ。

あんなか弱い少女に、なんというひどい仕打ちを……。許せん。


翌朝、出勤前に見送りに来たサラに視線を移した。

「いってらっしゃいませ、旦那様」

明るい笑顔を見せる彼女に、昨夜からの苛立ちが消えていくのを感じた。

「……行ってくる」

サラは今、幸せなのだろうか。心から笑えているのだろうか。

なぜか、そんなことが気になった。

田舎でしかないこの地だが、たとえ上辺だけでも、サラがこの地を気に入って、フォスター伯爵家で受けた傷を癒し、楽しく過ごしてくれているならそれでいい。

そんなことを考えながら出勤した俺は、突如として廊下に響き渡った大声に顔をしかめた。

「おいセス‼　お前この前女の子とデートしていたって本当なのか⁉」

渋々振り返ると、予想した通り山吹色の髪に栗色の目の男が駆け寄ってきた。興味深げに目を爛々《らんらん》と輝かせている姿に、面倒な予感しかしない。

「昨日俺休みだったから商店街に行ったらよ！　八百屋のおばちゃんが可愛い女の子を連れて歩くお前を見たって言っていたんだよ！　お前にもとうとう春がきたのか⁉」

俺は無言で、脇腹を肘で小突いてくる男の腕を取ってひねり上げた。

「いでででででっ‼　何するんだよ離せっ‼」

「貴様いい加減にしろ。上官に対してその態度を改めろと、何度言えば分かる」

「固いこと言うなよ、俺とお前の仲じゃねえか」

俺の手を振りほどいて、へらりと笑う男、ジョーを睨みつけるが、相変わらず意に介していないようだ。相手にしても無駄だと思い、執務室へ歩きだす。

「それで、本当のところはどうなんだよ？　デートか？　デートなのか⁉」

「うるさい。廊下では静かにしろ。他の者の迷惑だ」

俺が指摘するとようやくジョーは口をつぐんだものの、ずっと後をついてくる。俺に割り当てられた国境警備軍総司令官室に入ると、ジョーはすかさず尋ねてきた。

「なあもういいだろ？　いい加減教えてくれよ！　同期のよしみでさ！」

「しつこいぞ貴様」

とは言ったものの、俺から情報を聞き出すまでジョーが粘るのは目に見えている。

キンバリー辺境伯家のしきたりで、十歳で身分を隠して軍に入り、同期のこの男と寮で同室になってしまったのが運の尽きだ。なぜかそれ以来、この男にはすっかり懐かれてしまい、俺がキンバリー辺境伯位を継いで正体を明かしても、変わらず気安く接してくる。

しかもこの男、今ではその実力と社交性で軍の副司令官という立場を手に入れているのだから、たちが悪い。

「あれはデートではない。彼女は屋敷で新たに雇うことになった使用人だ」

「ええ⁉　お前が若い女の子を雇うことにしたのかよ⁉」

使用人だと言えば、デートかと騒ぐジョーの興味も削がれるかと思ったが、俺の女嫌いを知っているジョーには逆効果だったようだ。

結局、俺はサラについて根掘り葉掘り聞かれる羽目になった。

「へえ……そういうことだったのか。だったら、彼女にはキンバリー辺境伯領のいいところをたくさん知ってもらって、もっとこの地を好きになって、より楽しく過ごしてもらわないとだよな！」

そう言いながらジョーが提出してきた書類に、俺は目を落とした。

「クヴェレ地方警備応援予定表……もうそんな季節か」

クヴェレ地方は、キンバリー辺境伯領唯一の名所として知られる場所だ。国境に面した北山の麓に温泉街があり、冬場に最も賑《にぎ》わう地だが、それゆえか魔獣も出没しやすい。そのため毎年冬場は兵を交代で派遣し、警備を増強している。

とはいえ、警備の仕事の時間外や休日は温泉街を観光できるため、志願者が後を絶たないのだが。

「セスも久々に行ってこいよ。その子を連れてさ！」

いい考えだと言わんばかりに提案してくるジョーに、俺は胡乱《うろん》な目を向けた。

「休みの日に彼女を案内してあげるんだよ！　きっと喜ぶぜ！　なんて言ったって、お前のお袋さんだってこの田舎の地で唯一気に入った場所なんだからよ！」

ジョーに言われて、俺は少しの間考え込んだ。

確かにクヴェレ地方は、キンバリー辺境伯領内で母が唯一気に入った地でもあった。

山の麓の国境警備軍の詰所から少し歩けば、すぐに温泉街で、飲食店や宿屋が建ち並んでいる。美容効果のある温泉に、それを利用した地元料理や名物の数々は、ヴェルメリオ国でも広く知られている。もっとも、場所が場所なので訪れるのはほとんどが領民なのだが。

サラが気に入るかどうかは分からないが、連れていったら喜ぶだろうか。もしあの笑顔が見られるのなら……悪くないかもしれない。

そう思いながら書類を眺めていると、ジョーが不意に予定表を取り上げた。

「決まりだな！　希望者の調整をして、できるだけ早くお前が行けるようにしてやるぜ！」

無言を肯定と受け取ったのか、ジョーが早速調整に入ろうとする。

「いや、どうせなら俺の順番は一ヶ月以上後にしてくれ」

俺の言葉に、ジョーは怪訝そうな表情をした。

「なんでだよ？　こういうのは早い方がいいに決まっているだろ。真冬の時期になったら、寒さと雪で移動が大変だぜ」

「お前は給料日前に観光地に行きたいと思うか？」

「あ、なるほど……」

名目上は俺の使用人として連れていくのだから、費用は全額俺が負担してもかまわないのだが。それではサラがまた恐縮してしまい、買いたい物があっても遠慮して言い出さないだろう。行くなら初任給を渡した後だ。自分で自由に使える金があった方が、サラもより温泉街を楽しめるに違いない。

やけに気合を入れたジョーがその手腕を遺憾なく発揮し、後日俺は丁度一ヶ月後にクヴェレ地方に出張することが決まった。

悔しいが、これだからジョーは憎めない。

3. クヴェレ地方へ

「では皆さん、いってきます！」
「はい。どうぞお気をつけて」
「楽しんできてくださいね、サラさん」

リアンさんやハンナさん達に見送られ、私は旦那様とクヴェレ地方に旅立った。

旦那様から今回の出張のお供の話を頂いた時から、ずっと楽しみではあったけれども、少し不安でもあった。何せ、目的は魔獣が出やすい温泉街の警備応援なのだ。旦那様はとても強いから何も心配はいらないし、向こうで応援兵の方々が使用する建物の掃除などを手伝えば、あとは温泉街を楽しめるとハンナさん達から聞いてはいる。

でも、魔獣が出た時のことを考えると、やっぱり怖い。気休めに、昔お母さんに教わった手作りの魔除けのお守りを作ってしまったくらいには。

だけど、やっぱり温泉や名物料理は楽しみだ。おいしいお菓子もあると聞いているので、いつもお世話になっている屋敷の皆にお土産も買って帰りたい。先日遂に初任給ももらえたので、仕事時間外は目いっぱい楽しむつもりだ。

どうか、魔獣なんて出ませんように！

馬車に揺られながら、お守りを握りしめてお祈りする。

「それはなんだ？」

向かいの席に座る旦那様に聞かれて、私はちょっと恥ずかしくなったが、お守りを旦那様に見せた。

「魔除けのお守りです。昔母に教わったことを思い出しながら私が作った物で、気休め程度ですけれども……」

紙にペンで模様を描いて、ハンナさんにもらったはぎれ布で作った小さな巾着袋に入れているだけのお守りを、旦那様は不思議な物を見るかのようにしげしげと見つめている。

「あの、も、もしよろしかったら、ですけど、旦那様の分も作ってありまして……」

私は思いきって、荷物の中から別のお守りを取り出した。

私よりもはるかに魔獣に遭遇する確率が高いであろう旦那様を心配して、自分の分と一緒に作ったのだ。でも、こんな気休めでしかない自作のみすぼらしいお守りを旦那様に押しつけたところで、迷惑にしかならないだろうということに気づき、今日まで渡すに渡せなかったのだ。

旦那様がいらないと言ったら、すぐさま荷物の中に突っ込み直すつもりだったのだけど。

「……もらっておこう」

予想に反して、旦那様は私の手からお守りを取り上げた。

「えっ、あ、ありがとうございます！」

「なぜお前が礼を言う？」

「旦那様が受け取ってくださって、嬉しかったので」

思わず笑顔になると、旦那様は視線を逸らした。

……気のせいだろうか？　相変わらず仏頂面ではあるけれども、ちょっと頬が赤くなっているような気がする。

もしかして、照れているのかな？　凄く分かりにくいけれど。

「……普通、礼を言うのはこちらの方だろうが」

「でも、私は嬉しかったので」

旦那様の新たな一面を発見したような気になって、私はだらしなく頬を緩めてしまった。その後、旦那様はなぜかしばらくの間目を合わせてくれなかった。


日が西に沈みかける頃、私達はクヴェレ地方に到着した。キンバリー辺境伯家の近くの商店街とは、また雰囲気が異なる温泉街。うっすらと雪が積もっている道の端には、そこかしこにおいしそうな食べ物を売る屋台が並び、水着を手に温泉に向かう人や、所々で足湯に浸かって気持ち良さそうに目を細めている人々を見かける。

応援兵用の宿舎の前で馬車を降り、会議があるという旦那様とはそこで別れた。そして私は管理人さんに挨拶して、明日からの仕事の時間割や門限について一通りの説明を受けた。

旦那様が仕事中の一週間、私も宿舎の離れに寝泊まりさせてもらい、宿舎や国境警備軍の詰所の掃除などを手伝う。

一週間のうち一日もらえる休みは、事前に聞いていた通り、旦那様と同じ日だ。その日は旦那様が自ら温泉街を案内してくれると言っていたので、今から凄く楽しみだ。でも、まずは仕事をきちんと全うしなくては。

注意事項を頭に叩き込んだ私は、借りた部屋に荷物を置いて、すぐに宿舎の玄関口に向かった。夕食は旦那様が外食に連れていってくれるのだ。旦那様と約束した時間にはまだ少し早いけれど、まさか使用人が主人を待たせるわけにはいかない。

「あれ、君どうしたの？」

玄関口に立っていたら、恐らく兵士だろうと思われる体格のいい人達に話しかけられた。

「すみません、人を待っておりまして」

「へえ、誰を待っているの？　なんなら俺達が呼んできてあげようか？」

「いいえ、私が早く来すぎただけなので大丈夫です。お気遣いありがとうございます」

お辞儀をして丁寧に断ったけれども、男の人達はなぜか近づいてくる。

「遠慮なんてしなくていいよ。こんなに可愛い女の子を待たせるなんて、男の風上にも置けないからね」

「そうそう。なんならそんな男放っておいて、今から俺達とご飯でも食べに行かない？」

「君この近くに住んでいるの？　おいしいお店知っていたら教えてよ！　もちろん俺達がおごるからさ！」

「いいえ、あの私は……」

「貴様達、何をしている」

男の人達に囲まれて戸惑いつつ、一歩後ろに下がった私の耳に届いた旦那様の声は、普段よりも低くてなぜか底冷えがした。男の人達は一瞬で青ざめ、即座に旦那様に向き直って直立不動の姿勢になった。

「こ、これはキンバリー総司令官！」

「もうこちらに着いておられたのですね！　お疲れさまです！」

「挨拶はいい。何をしていたんだと聞いている」

先ほど馬車を降りた時にはそんな様子はなかったのに、今の旦那様は凄く機嫌が悪そうだ。

あれから何かあったんだろうか？

旦那様を前にして、すっかり硬直してしまった様子の男の人達に代わって、私は口を開いた。

「旦那様、こちらの方々は私を気遣ってくださって、待ち人がいるなら呼んでこようかと声をかけてくださっていたんです」

「そうか。俺の連れが世話になった」

「「そ、総司令官のお連れ様でしたか⁉」」

男の人達に頭を下げ、旦那様の後ろについていく。外はもう暗くなっていて、雪がちらついていた。

「はい。あの、ご親切にどうもありがとうございました」

「行くぞ、サラ」


旦那様があんなに不機嫌をあらわにするなんて珍しい。心配になって、何かあったのか聞いてみようか、でも私ごときが聞いてもいいのだろうか、と逡巡《しゅんじゅん》していると。

「やはりこちらの地は冷えるな。温かいシチューでも食べに行くか。サラ、イノシシとシカとクマ、どの肉にするか考えておけ」

「え？　ええと……私はよく分からないので、旦那様のお勧めのものが食べたいです」

「そうか」

旦那様の声色はすでに普段と同じものになっていた。なんだかよく分からなかったけれども、もしかしたらお腹が空いていただけなのかもしれない、と思い直して聞くのはやめておいた。

旦那様が連れて行ってくれたお店で、クマ肉のシチューをご馳走してもらった。クマ肉は初めてだったけど、とてもやわらかくてジューシーで、冷えた身体に染み渡ったのだった。


翌朝、朝食を済ませた私は、早速仕事に取りかかった。

昨夜から降り続いていた雪はすでにやんでいたが、外は一面の銀世界。その美しさに思わず見惚《みほ》れるものの、まずは兵士の皆さんが通れるように雪かきをしなければならない。

管理人さん達と共にスコップを握り、雪を端に寄せ続けること数十分。なんとか宿舎の敷地内には道をつくることができた頃、兵士の皆さんが次々に出勤し始めた。

「おはようございます。いってらっしゃいませ」

管理人さんに倣《なら》って、兵士の皆さんに挨拶をする。

「おはよう。いってきます」

「お気をつけて」

何人かを見送りながら雪かきを終わらせた頃、玄関の奥に旦那様の姿が見えた。

わあ、凄く綺麗な人……。

玄関から出てきた旦那様は、一人の女の人を伴っていた。緩くウェーブがかかった腰まである金の髪に、吊りぎみの大きな目に、赤みがかった紫の瞳。すらりとした長身で、出るところは出て引っ込むところは引っ込んでいる抜群のスタイル。軍服がよく似合っていて、キリリとした格好いい美人さんに、女の私でも目を奪われてしまった。

旦那様と並ぶと、美男と美女で凄く絵になる。お似合いだな、と思ったところで、なぜか胸の奥がツキンと痛んだ。

……？

首をかしげながらも、歩み寄ってきた二人に頭を下げる。

「おはようございます、旦那様」

「サラ、その格好で寒くはないか？」

旦那様に心配されてしまったけれども、支給されている制服は暖かいし、雪かきをしていたせいで今は汗をかいているくらいだ。

「平気です。雪かきをしていたので、今は逆に暑いくらいですから」

「そうか。朝からご苦労だな。風邪を引かなければそれでいい」

労いの言葉をかけてくれる旦那様に、胸が温かくなる。

「サラ、彼女は俺の部下のジャンヌだ。ここにいる間は何かと世話になることもあるだろう。ジャンヌ、彼女がサラだ。よろしく頼む」

旦那様が後ろにいた美人さんを紹介してくれた。

「はじめまして。あなたがサラね。私は国境警備軍第二隊隊長のジャンヌよ。よろしく」

「サラと申します。どうぞよろしくお願いいたします」

私はジャンヌさんにお辞儀をする。あえて家名は名乗らなかった。私が貴族令嬢だと分かると色々ややこしいことになりかねないし、下手をすると危ない目に遭いかねないから、と旦那様に言われたので、キンバリー辺境伯家の人達以外には黙っておくことにしたのだ。

元々私は平民の生まれだし、今は旦那様に雇われている身なのだから、名乗る必要性も感じないしね。

「では行ってくる」

「はい。いってらっしゃいませ、お気をつけて」

二人の後ろ姿を見送りながら、私はなぜかジャンヌさんのことが気になってしまった。

旦那様が、ハンナさん以外の女の人と、気安く話しているところを初めて見たわ……。お二人は、どういう関係なんだろう……。

「サラさん、そろそろ終わりにしようか」

「あっ、はい」

いけない、仕事に集中しないと。

我に返った私は、管理人さん達とスコップを片づけた。それから宿舎内の各部屋を回って、掃除をしてシーツを取り替えてベッドメイクをする。それが終われば昼食を頂いて、詰所に移動してまた掃除。


詰所の掃除を終えて、宿舎に戻るともう夕方になっていた。管理人さんに報告して一日の仕事が終わった。

旦那様、まだかな……。

部屋に戻った私は、置時計を確認した。今日も旦那様の都合が合えば、一緒に夕食に行こうと言われている。制服から私服に着替えて待っていると、部屋の扉がノックされた。

旦那様だ！

急いで扉を開けると、そこに立っていたのはジャンヌさんだった。

「こんばんは、サラ。セスが少し遅くなりそうだから、先に温泉に案内してやってくれって言われたんだけど、一緒にどう？」

「え……あ、ぜひお願いします」

戸惑いながらも、慌てて支度をした私は、ジャンヌさんについていく。

さっき、ジャンヌさんは旦那様のことを名前で呼んでいたけれども、いったいどういう関係なんだろう……。やっぱり恋人、なのかな……？

朝に見た絵になる二人を思い出した私は、なぜかまた胸の奥に痛みを覚えた。


「ここが私のお勧めの温泉よ。とても広くて気持ちいいし、露天風呂から見える景色も綺麗で最高なの」

「えっ、露天風呂もあるんですか？」

宿舎から坂を上った所にある、石造りの大きな屋敷のような建物の前で、ジャンヌさんが私を振り返って教えてくれた。木の扉を開けて中に入り、受付の人にお金を払って、またジャンヌさんの後について長い廊下を進む。

更衣室で水着に着替えて、風呂場に入ってすぐ、その広さに驚いた。石でできたお風呂場の中央に大きな噴水があり、大量のお湯が湧き出ている。端から中央まででも泳ぎの練習ができるくらいには距離があった。お湯は少しぬるめなので、ずっと浸かっていられそうだ。

「気持ちいい……」

室内温泉にしばらく浸かった私達は、露天風呂へと移動した。自然の岩場に囲まれた大きな池のような温泉からは、星空と雪山の幻想的な景色がよく見える。

「どう？　ここの温泉は」

「最高ですね。景色も綺麗だし、お湯もとても気持ち良くて、ずっとここにいたいくらいです」

ジャンヌさんと並んでお湯に浸かる。綺麗な景色と温かいお湯は、身体だけでなく心も解してくれているように感じられた。

「ねえ、ずっと聞きたかったんだけど、あなたはセスとどんな関係なの？」

「え？　私は旦那様に雇っていただいた、キンバリー辺境伯家の使用人ですが」

「本当にそれだけ？　セスの態度を見ていると、女嫌いの彼にしては珍しく、あなたを凄く気にかけているようだけど……」

首をかしげているジャンヌさんに、私も思いきって聞いてみる。

「……ジャンヌさんの方こそ、旦那様ととても親しいご関係なのではないのですか？　旦那様のことも、名前で呼んでいらっしゃいますし……」

「え!?　違うわよ。セスと親しいのは私の旦那で、私はそのついでみたいなものよ」

「えっ、ジャンヌさん、ご結婚されているんですか？」

私は目を丸くした。

「そう。私の旦那はジョーっていって、セスとは国境警備軍の同期で寮のルームメイトだったのよ。今は国境警備軍の副司令官を務めているの。いわばセスの右腕みたいなものかしらね」

「そ、そうだったんですか……」

なんと、ジャンヌさんは旦那様の恋人なんかじゃなくて、人妻だった。

そんなふうには見えなかったから、私は凄く驚いたけれども、同時になぜかスッと心が軽くなったのだった。

「ジャンヌさんは、ジョーさんとはどうやって知り合われたのですか？」

心が軽くなった私が聞いてみると、ジャンヌさんは少し照れながらも教えてくれた。

「元々私とジョーは幼馴染みだったのよ。あいつの方が一つ年下だから、昔は弟みたいな存在だったわ。私も子供の頃は結構お転婆だったから、あいつと一緒に一日中山の中を駆けずり回ったり、取っ組み合いの喧嘩《けんか》をしたりして育ったの。私は風魔法が得意で、それを活かした職業に就きたかったから、国境警備軍に入隊したんだけど、翌年ジョーも入隊してきてね。あいつは火魔法と剣の腕を活かして、めきめきと頭角を現して、すぐに私は追い抜かされちゃって。凄く悔しかったんだけど、その時に子供の頃からずっと好きなんだって告白されて、なんだかんだでほだされちゃって、付き合うようになったってわけ」

「じゃあジョーさんはジャンヌさんを追いかけて軍に入られたんですね。とても素敵です！」

「そ、そうかしら……」

顔を赤くしてはにかむジャンヌさんは、昼間の凛《りん》とした格好良さとは打って変わって、とても可愛らしく見えた。

「わ、私のことより、サラの方はどうなのよ？　好きな人とかいないの？」

「好きな人、ですか……。旦那様やキンバリー辺境伯家の方々はとても好きですけど……」

今まで生きるだけで精いっぱいだったから、そんなことを考える余裕なんてなかったな、と私が思っていると、目を丸くしていたジャンヌさんがおもむろに尋ねてきた。

「じゃあ、ちなみにセスのことはどう思っているの？」

なぜか一瞬、言葉に詰まってしまった。

どう……と言われても、旦那様はとても優しくて素敵で、身分も高くて、雇われている身の私なんかとは到底釣り合わない方で……。

「行く当てのない私を拾って雇ってくださって、なおかつ気を配って凄く良くしてくださる、とっても優しい命の恩人です！」

「そ……そう……」

きっぱりと言いきった私に、なぜかジャンヌさんは苦笑いしていた。

「そろそろ出ましょうか。もうセスも残業が終わった頃だと思うわ」

「あ、はい。分かりました」

ジャンヌさんに促されて更衣室に戻った私は、旦那様を少しでも待たせたくなくて、手早く身体を拭いて着替えた。髪を乾かしたかったけれども、用意されている温風が出る魔道具は、他のお客さん達に皆使われている最中だ。

どうしよう。夏場ならともかく、さすがにこの寒さだと、ちゃんと乾かさないと風邪を引きそうだし……。

困っていると、身支度を整え終わったジャンヌさんが歩み寄ってきた。

「さすがにこの時間は混んでいるわね。サラ、髪は私が乾かしてあげるわ」

え、と思う間もなく、ジャンヌさんの両手が私の側頭部に添えられ、ふわっと温かい風を感じたかと思うと、髪はすっかり乾いていた。

「す、凄い……！　ありがとうございます、ジャンヌさん！」

「ふふ、どういたしまして」

私の周りに魔法が使える人が少なかったということもあるが、異母姉が風魔法で私を壁に叩きつけることはあっても、私のために魔法を使ってくれる人はいなかったので、とても嬉しかった。お礼に売店にあった温泉水を二本買って、一本をジャンヌさんに渡すと、気にしなくてもいいのに、と言いながらも笑顔で受け取ってくれた。

二人でロビーの長椅子に腰かけ、温泉水を飲みながら旦那様を待つ。

「もうそろそろ来ると思うんだけど……あ、噂をすれば」

ジャンヌさんが旦那様を見つけて、すぐに私達は立ち上がった。

「お疲れさまです、旦那様」

「遅くなって悪かった。ジャンヌ、サラが世話になったな」

「いいえ、全然。私も楽しかったから、気にしなくていいわよ。じゃ、お邪魔虫は消えるわね」

そう言って、私に片目を瞑ってみせるジャンヌさん。

「サラ、温泉水ありがとうね」

「いいえ、こちらこそ髪を乾かしてくださってありがとうございました。本当に助かりました」

ジャンヌさんに頭を下げながら、もう少しお話ししたかったな、と少し寂しく思っていると。

「……ジャンヌ、お前も夕食はこれからだろう。一緒に食べるか？」

「は？」

旦那様の問いかけに振り返ったジャンヌさんは、目を点にしていた。

「一緒に……って、私はお邪魔だと思うんだけど？」

「サラ、お前はどう思う？」

旦那様に聞かれて、私は勢い込んで答えた。

「お邪魔なんてとんでもないです！　私はもっとジャンヌさんと仲良くなりたいので、良かったらぜひひご一緒したいです」

「だそうだ。俺も別にかまわん。お前さえ良ければ、サラと仲良くしてやってくれ」

「……じゃあ、お言葉に甘えようかしら」

ジャンヌさんは苦笑しながら答えていたが、夕食をご一緒できることになって、私は嬉しくて目を輝かせた。

「それで、もう夕食の場所やメニューは決まっているのかしら？」

「いや、まだだ」

「もし希望が通るなら、私はシカ肉のステーキと赤ワインがいいんだけど」

「それも悪くないな。サラはどうだ？」

「私もシカ肉を食べてみたいです」

「そうか。なら決まりだな」


旦那様が連れていってくれたのは、温泉街の中でも少し高級感が漂うレストランだった。

ヴェルメリオ国では成人した十六歳からは飲酒が可能だ。お酒はケイさんが夕食時にいつも添えてくれるので、私も少しは慣れてきた気はするけれど、まだフィリップさんやレスリーさん達みたいに善し悪しまでは分からない。

でも、旦那様もジャンヌさんも満足げにしているので、きっといいワインなのだと思いながら、ちびちびと舐《な》めるように飲んだ。

「温泉の後のおいしい食事とお酒は最高ね。これで仕事が絡んでなきゃ、文句なんてないんだけど。セス、ワインのお代わり頼んでもいいかしら？」

「かまわんが、ほどほどにしておけ。明日も働いてもらわないと困るからな」

「分かっているわよ。私がジョーみたいに二日酔いで出勤したことある？」

「ない。その辺の分別をぜひともあいつにも叩き込んでやってほしいところだ」

「それができれば苦労しないわよ」

二人が揃って苦い顔をしていて、少しお酒が回っていることもあってか、私はクスクスと笑いだした。

「お話だけ聞いていると、ジョーさんって、なんだかとても面白い人なんですね。私も一度お会いしてみたいです」

そう言った途端、なぜか周囲の気温が少し下がったような肌寒さを感じた。

「その必要はない」

なぜか旦那様が怖い顔をしている。

「わ、私もあまりお勧めはできない……かな？」

ジャンヌさんも困ったようなつくり笑いを浮かべている。

あれ？　ジョーさんって、旦那様のお友達で、ジャンヌさんの旦那さんだよね？　なのになんで？

なぜ二人が渋るのか分からず、私は二人を見比べながら、目を瞬かせるのだった。

◇◇◇

翌朝、宿舎の食堂で朝食を取っていると、後から来たジャンヌが向かいの席に座りながら声をかけてきた。

「おはよう、セス。昨夜はご馳走さま」

「こちらこそ昨日はサラが世話になった。礼を言う」

「お礼なんていらないわよ。むしろ夕食までおごってもらっちゃって、こっちがお礼を言わなきゃだわ。サラは素直でいい子だし、友達になれてこっちも嬉しいもの」

上機嫌なジャンヌに、サラに友人ができて良かったと思いながら口を開く。

「そうか。それなら好都合だ。今日は昨日以上に遅くなると思う。悪いがサラを夕食に連れていってやってほしい」

俺が頼むと、ジャンヌは目を瞬かせた。

「分かったわ。だけど意外ね。暗い時間に女の子を一人で出歩かせたくないだけだったら、セスなら宿舎の食堂を利用するように言うと思っていたわ。あんたがただの使用人にそこまで気を配る人間だったとはね。それとも、男だらけの食堂にサラを行かせたくなかったのかしら？」

どこかからかうようなジャンヌの口調に、俺は眉根を寄せる。

「使用人に温泉街を楽しませてやりたいと思って、何が悪い」

「……あんた、もしかして無自覚なの？」

「なんの話だ」

「いいえ、こっちの話」

ジャンヌは呆《あき》れたようにスープをすすり、パンをちぎりながら口を開いた。

「ちなみに聞くけど、セスはサラのことをどう思っているの？」

「……なぜそんなことを聞く？」

「女嫌いで有名なあんたが、女の子を雇った上に必要以上に気を配っていたら、普通気になるんじゃないかしら？」

「くだらん。サラは手持ちの金もなく行く当てもないと言っていたから、知らぬ顔もできずに雇っているだけだ」

「……二人揃って見込みなし、ね」

なぜか頭を押さえてため息をついているジャンヌに、怪訝な視線を送りながら、食べ終えた俺は席を立つ。

「そんなことよりも、山中で魔獣の痕跡の目撃情報がここ数日増えている。巡回中に魔獣に遭遇する危険性もあるから注意しろと、改めて全員に通達しておけ」

に戻る。

「かしこまりました、キンバリー総司令官」

一瞬で表情を引き締めるジャンヌに、さすがだと思いながら食器をトレーごと返却して部屋

さばさばしていて俺を恋愛対象として見たことがないジャンヌは、女嫌いの俺でも人付き合いができる数少ない女性の一人だ。ジョーに紹介された彼女とは、今や時折軽口をたたき合うほど打ち解けてはいるが、互いに公私はきちんと区別している。

公私混同してばかりのジョーは、少しは彼女を見習ってほしいものだ。

支度を整えて宿舎を出ると、小道を箒《ほうき》で掃いているサラを見つけて歩み寄った。

「あ、おはようございます、旦那様」

俺に気づいて表情を明るくするサラに、ジョーへの不満は吹き飛ばされて、気が軽くなる。

「サラ、今日は遅くなる。夕食はジャンヌと食べに行くといい」

「分かりました。あまり無理はなさらないでください。お気をつけていってらっしゃいませ」

サラに見送られて出勤した俺は、昨日聞いた魔獣の目撃情報を基に、重点警備場所や巡回順路、人員の配置などを見直して指示を出した。冬山で食料が少なくなった魔獣が、いつ山から下りてきてもおかしくない状況だ。なんとしても温泉街に被害が出るのは食い止めたい。自分

の目でも目撃現場を確認しておきたくて足を運び、魔獣の痕跡が残っていないか周囲を調べる。詰所に帰ってきた頃には、すでに辺りは暗くなっていた。

翌日は休みを取っていることもあり、そのぶんまで仕事を終わらせてから帰ろうと残業をこなしていると、不意に執務室の扉がノックされた。

「入れ」

「失礼いたします、総司令官」

入室してきたジャンヌに、俺は目を丸くした。

「ジャンヌ、先に帰ったのではなかったのか？　サラはどうした？　……まさか、何かあったのか？」

不安に駆られた俺は、思わず椅子から立ち上がった。

「違うわよ。そのサラが、あんたに差し入れを持っていきたいって言うから、付き合ってあげただけ」

微笑んだジャンヌが後ろを振り返ると、扉の向こうからサラがおずおずと顔を出した。

「お疲れさまです、旦那様。押しかけてしまって申し訳ありません。ジャンヌさんがまだ時間がかかるだろうとおっしゃっていたので、お腹が空いていらっしゃるのではないかと思って……」

サラが差し出してきた紙袋を受け取ると、肉のいい香りがした。途端に空腹感を覚える。そうぃえば、夕食のことなどすっかり忘れていた。

「そうか。丁度腹が減っていたところだ。礼を言う」

「いいえ。旦那様のお役に立てたのなら光栄です」

嬉しそうな笑顔を見せるサラに、知らず口元が緩んだ。

「……あんた、そんなふうに笑えたのね」

顔を上げると、ジャンヌが驚いたような顔でこちらを見ていた。

俺は今、笑っていたのだろうか？　確かに俺は無愛想だが、笑わないわけではないのだが……。

とはいえ、思い返してみれば、ここ数年はこんなに温かい気持ちで笑った記憶はあまりない気がする。

「それでは、お邪魔にならないうちに失礼いたします」

頭を下げるサラに、俺達は我に返った。

「サラ、もう遅いから気をつけて帰れ。頼んだぞ、ジャンヌ」

「分かっているわよ。行きましょう、サラ」

「はい。旦那様も、雪が降り始めてきましたので、帰りはお気をつけください」

退室していく二人を見送って、俺は紙袋を開けた。分厚い肉を挟んだボリュームのあるサンドウィッチは、まだほのかに温かい。

……ありがたい。サラは常に俺のことを、気にかけてくれているのだな。

思わぬ差し入れに安らぎを感じながら、俺はサンドウィッチ片手に再び書類を確認し、ペンを走らせていった。

4．魔獣の出現

朝、目が覚めた私は、すぐにカーテンを開けて天気を確認した。昨夜降った雪がうっすらと積もっているものの、空は晴れていて出かけるには不自由しなさそうだ。

そう、今日は私も旦那様も休みの日。旦那様と温泉街をゆっくり見て回る予定なのだ！

朝食と身支度を済ませた私は、旦那様に言われていた通り、宿舎の玄関口に移動した。兵士の皆さんはすでに出勤した後なので、宿舎に人気《ひとけ》はない。

旦那様、昨夜は遅くまでお仕事をされていたようだけど、大丈夫なのかな……？

心配しながら待っていると、ほどなくして旦那様が現れた。

「おはようございます、旦那様。昨日は遅くまでお疲れさまでした。お身体は大丈夫ですか？」

「問題ない。サンドウィッチは助かった。礼を言う」

「いいえ、お役に立てたのなら何よりです」

宿舎を出て、旦那様の後ろを歩きながら、私はそっと旦那様の様子をうかがった。顔色や体調も普段となんら変わりはなく、疲れている様子もない。さすがは国境警備軍の総司令官だ。

「サラ、行きたい所はあるか？」

「行きたい所と言いますか、お屋敷の皆さんにお土産を買いたいのと、屋台で売っている食べ物が気になるので見て回ってみたいです」

「そうか。まずは土産物屋に向かうとしよう」


旦那様に案内してもらって、温泉水で作ったとうたっているお菓子を試食して回ったり、名産だという木彫りの置き物や小物などを見て回ったりした。日持ちしない食べ物は予約をしておいて、帰る日に取りに来ればいいらしいので、とても便利だ。

ハンナさんにはやっぱりお菓子がいいかな？　リアンさんとフィリップさんとレスリーさんは、お酒のあてになる物の方が喜ばれそうだな……。

そんなことを考えながら買い物を楽しむ。お土産を選んでいるはずなのに、お菓子や可愛い小物など、どうしても自分の好みのものが気になってしまう。折角だし記念に、と内心で言い訳をしながら、自分用のお土産も少しだけ確保してしまった。

「……随分たくさん買うのだな」

「はい。皆さんにはいつも大変お世話になっていますから！」

皆の分を選んで、店員さんに予約をお願いすると、旦那様に少し驚いたように言われてしまったけれども、いつも私に良くしてくださる皆に少しでもお礼と感謝の気持ちを伝えたいのだ。もちろん、その中には旦那様も含まれているのだが、今はまだ内緒である。

買い物が終わった頃には、お昼時になっていた。旦那様の後について、屋台がたくさん並んでいる場所に移動する。

焼き立てのジビエ料理のお店はそこかしこにあるし、サンドウィッチやガレット、クレープや飲み物まで色々あって、あちこちから威勢のいいかけ声がし、いい匂いが漂ってきて、どれもこれも食べてみたくなる。

「ここの店の串焼きは中々うまいぞ。食べてみるか？」

「はい！」

旦那様が買ってくださった串焼きを受け取りながらお礼を言う。香ばしいタレを絡めた熱々のお肉は、噛むと肉汁が溢《あふ》れてきて思わず陶酔してしまった。他にも旦那様が勧めてくれる物は、本当に全部おいしかった。

さすがは旦那様、舌が肥えていらっしゃる。私は食べられる物だったら大抵はおいしく感じてしまうからなぁ。味音痴と言われても否定はできない。

「お前は本当にうまそうに食べるな」

「はい。本当においしいので！」

旦那様と一緒に買い食いを楽しんでいたら、お腹がいっぱいになってしまった。

「次はどこへ行く？」

「そうですね……。私が気になっていた場所はもうご案内していただきましたので、次はご迷惑でなければ、旦那様が行きたい所やお勧めの場所があれば、ご一緒したいです」

「そうか」

旦那様が連れていってくれたのは、一昨日《おととい》ジャンヌさんが案内してくれた温泉施設だった。

旦那様は足を止め、懐かしそうに建物を見上げる。

「ここは俺の母も気に入っていた温泉だ。来るたびにほぼ一日貸し切りにして入り浸り、マッサージやエステを受けていた」

「か、貸し切り……!?」

私は目をむいた。人気があって大勢の人で賑わう温泉施設を一日貸し切りにするなんて、さすがはキンバリー辺境伯家、としか言いようがない。

「俺は温泉に浸かる程度ですぐに温泉街に出かけて、母に最後まで付き合ったことはなかったがな」

「そ、そうなんですね」

「折角の機会だ。お前もエステでも受けてみるか?」

「えっ、旦那様も受けられるのですか?」

エステをされる旦那様が想像できなくて尋ねたら、旦那様は苦い顔で即答された。

「違う。俺は興味はない。お前が体験してみたいなら、させてやろうと思っただけだ」

「そうでしたか。お気持ちはありがたいのですが、私では分不相応なので遠慮いたします」

「そうか」

温泉に入りに来たのかと思ったら、旦那様は踵《きびす》を返して歩きだしてしまった。旦那様はお母様の思い出に浸りに来たのかな、と思いながら、私も建物を後にした時だった。

ドォォン‼

山の方から大きな音が響き、私達は驚いて振り返った。山の中腹辺りから、赤い煙が細くうっすらと立ち上っている。何が起きたのか分からなかったけれど、旦那様の焦った顔を見る限りでは、何か良くないことが起きたに違いない。

「サラ、急いで宿舎に戻るぞ！　戻ったらお前は部屋にいろ！」

そう言うが早いか、旦那様は宿舎に向かって駆けだしていった。私も慌てて後を追いかけたが、旦那様の足にかなうわけがなく、どんどん距離が広がっていく。それでも転がるようにして坂を駆け下りていると、宿舎の手前で馬に乗って引き返してきた旦那様とすれ違った。

「サラ！　送れなくて悪い！　様子を見に行ってくる！」

「私のことは気にしないでください、旦那様！　どうかご武運を！」

見る見るうちに小さくなっていく旦那様の後ろ姿をしばし見送って、私は不安な気持ちで離れの部屋に戻ったのだった。

◇◇◇

山林の雪道を疾走しながら、合図の煙が立ち上っていた山の中腹を目指す。魔獣の痕跡の目撃情報があった中の一ヶ所が、その場所に近かったことを記憶から引っ張り出した。

恐らく、魔獣の痕跡があった辺りを調査していて、魔獣に遭遇したといったところか。クソ、よりによって今日出くわすとは。

魔獣の出現に己の休日など関係ないのはいつものことなのでそれはいい。だが、今回は温泉街の案内を中断する羽目になってしまったサラのことが気にかかった。

案内が半日になってしまった上に、ろくに宿舎まで送ってやれなかった。今日の思い出が苦いものにならなければいいが……。

せめてこれ以上悪い思い出にならないよう、被害を最小限に食い止めるべく、俺は馬を駆って急いだ。

目的の場所が近づいてきた時、遠くの方でズシンズシンと何かが遠ざかっていく音が聞こえた。怪訝に思いながらも先を急いでいると、木々の中に数人の人影が見えた。

「お前達、何があった！」

部下達の姿を認めて声をかけ、近づいて馬を止める。

「総司令官！　ジムが魔獣にやられまして……！」

「なんだと⁉」

ルースの言葉通り、右の上半身を血だらけにしてぐったりと横たわり、手当てを受けているジムの姿が目に入って、俺は息をのんだ。

ジムはまだ成人したばかりの新人兵だ。実力はあるが経験が乏しいため、ルースのような熟練の兵士達と行動を共にさせていたが、初遭遇の魔獣相手では分が悪かったのかもしれない。

魔獣から受けた傷は悪化しやすく、治っても後遺症が残るという嫌な知識が脳裏をよぎる。

「急所は辛うじて避けたようですが、重傷です。応急処置が終わり次第、病院に運びます」

「分かった。魔獣はどうした？」

「申し訳ありません、取り逃がしました。総司令官が到着される少し前に、なぜか急に逃げていってしまいまして……。ジムの応急処置を優先させていた次第です」

魔獣が逃げていった、という言葉が気になった。

戦闘中に魔獣が逃げ出したという話は聞いたことがない。一人が重傷を負い、血を流していたのなら、なおさらだ。魔獣からしてみれば、弱った獲物を目前にしながら背を向けたことになる。

不可解ではあったものの、今はそれどころではない。

「それでいい。応援が来たら追跡開始だ」

「かしこまりました」

「あんた達、何があったの!?」

タイミング良く、ジャンヌが応援を連れてやって来た。ルースが先ほどの説明を繰り返している間に、木陰に潜む不穏な気配に気づく。

クソ、血のにおいを嗅ぎつけてやって来たか？

魔法で氷の矢を作り、木陰の気配に向けて放つ。

ガオォォォッ！

思った通り、魔獣が姿を現した。

「クソッ、こんな時に！」

「さっきのとはまた別の奴だ！　血のにおいを嗅ぎつけられたんだ！」

「まだいるかもしれん！　周囲を警戒しろ！」

焦る部下達。

「いい。俺がやる。お前達はジムの手当てを優先しろ」

言い終わらないうちに、俺は魔獣に向けて氷魔法を放ち、魔獣を一瞬で氷漬けにした。

「おお！」

「さすがです、総司令官！」

少々魔力を持っていかれたが、これ以上事態を悪化させてなるものか。

念のため周囲を確認したが、他に魔獣の姿は見あたらなかった。ジムの応急処置も終わり、
俺はジムを傷つけた魔獣の追跡をジャンヌ達に任せる。

「キンバリー総司令官、休日中に申し訳ありませんでした。あとは我々にお任せください」

敬礼するジャンヌに、俺はうなずく。

「俺は先に病院に行って治療の準備を整えさせておく。そちらは頼んだぞ、ジャンヌ」

「はい！　ルースはジムを病院に運びな！　いいかいあんた達、絶対に魔獣を取り逃がすんじゃないよ!!」

「「「はい、隊長!!」」」

発破をかけるジャンヌを背に、俺は山の麓近くにある病院まで再び馬を駆った。病院に着くとすぐに院長に連絡し、後からルースが連れてきたジムを迎え入れる。ジムの手術は四時間を超えた。

「やはり、今夜が峠ですな。助かるかどうかは五分五分ですし、助かっても右腕は使い物にならない可能性が高いかと」

「……そうか」

初老の院長の説明は、予想と違わないものだった。将来性のある有望な若者の未来が、こんなところで閉ざされてしまうのかと思うと、どうにもやる瀬なくなる。

「ルース、お前はジムについていてやれ。俺は詰所で指揮を執る」

「かしこまりました。休日中にご足労いただき、ありがとうございました」

力なく頭を下げるルース。ジムを弟のように可愛がっているところを目にしていたので、その心労は痛いほど分かる。

後ろ髪を引かれる思いで病院を後にし、詰所に行った俺は、人員配置に頭を悩ませた。ジムの血のにおいを嗅ぎつけて、魔獣達が活発化する恐れがあるので、今夜は山方面の警備を厳重にしたい。だが、夜勤にもかかわらず現場に急行し、今も魔獣の追跡に加わってくれている兵士達もいるので、彼らに休息は取らせたい。要は人手不足なのだ。

……仕方ない。ルースも数に入れるしかない。

戦力になるルースを数に入れてローテーションを組み立てる。ジムは病院に任せるという選択肢も頭をよぎったが、職務中の出来事ということもあるし、上司としては誰かを付き添わせてやりたかった。兵士以外の信頼できる別の者に頼むしかないが、今関係者の中で、手が空いている該当者は、今日が休日のサラだけだ。

まさか、こんなことになってしまうとは……。良かれと思ってサラを連れてきたが、これではサラにとって嫌な思い出しか残るまい。……だが、キンバリー辺境伯領にいる以上、いずれは知ることになる現実だ。ならば、今のうちに教えた方がいいのかもしれない……。

暗鬱な気分になりながらも、サラ宛の手紙をしたため、部下を呼んで手紙を託した。宿舎の離れにいるサラに届けた後、病院に送っていき、交代させたルースを連れ帰るよう告げる。

しばらくして戻ってきたルース達を含め、その場にいた全員に、今のうちに休息を取っておくように命じた。……とはいえ、ジムのことが気がかりで、ルースはもちろんのこと、誰も満足に休むことなどできないだろう。

辺りが暗闇に包まれた頃、ジャンヌ達が詰所に帰ってきた。

「血痕と足跡を追って、魔獣を発見し、討伐を終えました。こちらの被害はありません。……ジム以外は」

「そうか。よくやった」

ジャンヌ達によってもたらされた魔獣討伐完了の知らせが、唯一の救いだった。

◇◇◇

旦那様が向かった山の方を時折窓から見つめながら、落ち着かない気持ちで宿舎の離れにある部屋に待機していると、夕方近くになって一人の兵士が、旦那様からの手紙を持ってきた。

山に魔獣が現れたこと、旦那様の部下のジムさんが重傷を負ったこと、警備を強化したいが人手不足なため、ルースさんに代わって、私に付き添いを頼みたいということが書かれていて、私はすぐに手紙を持ってきてくれた兵士と病院に向かった。

「失礼します。ルースさん、キンバリー総司令官がジムの付き添いをこのお嬢さんと代わって、すぐに詰所に戻るようにとおっしゃっています」

私を連れてきた兵士が声をかけた。

「なんだと……!?」

病室のベッドの枕元の椅子に腰かけていた中年の兵士が、愕然《がくぜん》としたように目を見開いたが、すぐに目を伏せてつぶやいた。

「……人手が足りないのか」

「はい。ルースさんのお気持ちは分かりますが……」

「いや、仕方がないことだ。行こう。……お嬢さん、すみませんが、ジムのことを、どうかよろしくお願いします」

「は、はい。分かりました」

ルースさんは沈痛な面持ちで私に深々と頭を下げた後、私を連れてきた兵士と一緒に病室を出ていった。二人を見送った私は、ルースさんが座っていた椅子に腰を下ろし、改めて重傷を負ったジムさんを見つめる。

死人のような土気色の顔色をしたジムさんは、まだ若かった。青年というよりは、まだ少年といった方が近いのかもしれない。恐らく、私と年もさほど変わらないだろう。

そんな人が、魔獣と戦い、傷を負って、今、生死の縁をさまよっている。私達を守るために戦ってくれたのに、私には何もできない。ただ、こうして付き添っているだけだ。

忙しいはずなのに、私に手紙を書いて頼むくらいなのだから、きっと旦那様は、部下を大切に思っていらっしゃるのだろうな。ルースさんも、ジムさんを凄く心配しているみたいだった。本当はご自分がずっと付き添っていたかったんだろうな……。

旦那様の気持ちや、ルースさんの本心を考えると、私も何かできることがあればしたいと思う。だけど考えたところで、実際に私にできることなんて、せいぜいジムさんのために祈ることくらいだ。無力感にさいなまれて、私は膝の上に置いた両手を強く握りしめた。

私にできることなんて、これくらいしか……。

ポケットから、仕事用のメモ用紙とペンを取り出す。お母さんに教わった治癒のおまじないの模様を描いて一枚剥《は》がし、それを自分の額に押し当てて祈りを捧《ささ》げた。ジムさんの毛布をそっとめくると、包帯だらけの痛々しい姿が目に飛び込んできて、胸が痛くなる。

一番血が滲んでいる右腕の包帯の隙間に、傷に障らないように気を使いながらそうっと紙を差し込んで、毛布を元に戻した。

どうか、この人の怪我が少しでも良くなりますように。

病院に来てから、どれくらいの時間が経ったのだろうか。病室の扉がノックされて、私は顔を上げた。いつの間にか、窓の外はすっかり暗くなっている。

「サラ、ジムの様子はどう？」

入室してきたのはジャンヌさんだった。

「私が交代した時から、ずっと変わらないように見えます」

立ち上がった私は、ベッドに横たわるジムさんを振り返りながら答えた。

「そう……。ジムの付き添いは私が代わるわ。外に巡回中の部下達を待たせているから、宿舎まで送ってもらって帰りなさい」

「え？　人手不足だと聞いていましたが、もう大丈夫なんですか？」

「ええ。私は今休憩時間なんだけど、ジムのことが気になるし。それに、さっきまで魔獣と戦っていたから気が昂《たかぶ》っていて、どうせ仮眠なんてできそうにないもの。似たような連中と交代で付き添いをしようって話になったのよ」

「そうだったんですか……」

とはいえ、私もこのまま帰っても、ジムさんのことが気になって眠れないような気がする。だけど、ジムさんに付き添いたいという気持ちは、ほぼ見ず知らずの私よりも、気心の知れたジャンヌさんや兵士の皆さんの方がより強いに違いない。

「……分かりました。では、私はこれで失礼します」

「ジムに付き添っていてくれてありがとう。気をつけて帰ってね」

「はい」

後ろ髪を引かれながらも、病室の扉に手をかけた時だった。

「……ぅ……」

小さな呻《うめ》き声が聞こえた気がして、私は思わず振り返った。ジャンヌさんも気づいたようで、驚いたようにジムさんを見つめている。

もしかして、と思ってベッドに駆け寄ると、ジムさんの瞼がピクピクと動いて、やがてゆっくりと目が開いた。

「ジム！　気がついたのね！」

「……た、いちょ……？」

だいぶかすれているけれども、ジャンヌさんの呼びかけにしっかりと応えたジムさんを見て、ほっと胸を撫で下ろした。ジャンヌさんの表情もさっきより明るい。

「ジャンヌさん、私先生を呼んできます！」

「ええ、お願い！」

病室を飛び出した私は、廊下を歩いていた看護師さんを見つけて声をかけ、院長室に案内してもらい、先生に来てもらった。

「……うん、意識も戻ったことだし、命の危機は脱したと見て間違いないでしょう。詳しい検査は明日行いますので、今晩はゆっくりと休ませてあげてください」

「分かりました。ありがとうございます」

退室する先生にお礼を言った私とジャンヌさんは、顔を見合わせて微笑み合った。

「じゃあ私、外で待ってくださっている方々にも、ジムさんが目を覚ましたことを知らせておきます」

「ええ、お願い。あいつらに言っておけば、麓の詰所にいるセス達にも伝わるわ」

「はい！　では失礼します」

「気をつけて帰ってね。お休みなさい」

病院の玄関口で待ってくれていた兵士達のところに行き、ジムさんの意識が戻ったと伝えると、目を輝かせて喜んでいた。ジャンヌさんが言っていた通り、巡回ついでに皆に知らせてくれるそうだ。

そのまま送ってもらって、私は宿舎の離れに戻った。

夜道を歩きながら見上げた、満天の星が凄く綺麗だった。

◇◇◇

巡回ついでに宿舎に寄り、シャワーと朝食だけ済ませて詰所に戻る。

昨夜はやはり魔獣が二、三匹現れたが、全てその場で倒したと報告を受けている。大事にはならず何よりだ。ジムの意識も戻ったと聞いているし、不幸中の幸いといったところか。

「あれ？　キンバリー総司令官、まだいらっしゃったんですか？」

今後の警備面、人員配置を考えながら廊下を歩いていると、すれ違ったジャンヌに声をかけられた。

「昨日からあまり休んでおられないのでは？　少しは寝た方がいいですよ」

「いや、まだ大丈夫だ。問題ない」

「……サラが見たら、心配しそうな顔色していますけどね」

呆れたように忠告するジャンヌに、俺は押し黙った。確かに昨夜は一睡もしていないが、そこまでひどい顔をしているのだろうか？

「後のことは私がしておきますから、少しは休んできてください」

「……では、そうさせてもらおうか」


ジャンヌの言葉に甘えて昼過ぎまで仮眠を取ったおかげで、少しは頭もスッキリした。ジャンヌと今後の打ち合わせをして、今日は定時で詰所を出る。宿舎に帰る前に、ジムを見舞いに病院に寄った。

「キンバリー総司令官！　わざわざ来ていただけたのですか？」

ベッドに半身を起こして出迎えたジムに、俺は目を見開いた。昨日まで死の縁をさまよっていた人間とは思えないほど元気そうで、重傷を負っていたはずの右腕の包帯すら取れている。魔獣に傷つけられた右腕は、なんの問題もなく動いていた。

「……お前、もう大丈夫なのか？」

「はい。午前中の検査の結果、信じられないほどの奇跡的な回復具合だそうで、後遺症も残らないみたいです。先生も目を丸くしていました。もうほとんど問題もないですし、明日には退院できると思います」

ジムは右腕をグルグルと回し、自在に動かしてみせたが、俺は自分の目が信じられなかった。

魔獣から受けた傷は、どんな小さな物でも油断できない。かすり傷でも一生ジクジクと痛むこともあるのだ。ましてあれだけの出血を伴う大怪我を負いながら、一日でほぼ完全回復するなど……普通に考えればあり得ない。必ず何か奇跡的回復の原因があるはずだ。

「ジム、お前は何か、特異な体質なのか？　昔から怪我が治りやすいとか……」

「え？　そんなことはありません。普通だと思いますけど。昔の怪我の痕とか、訓練中についた切り傷とか、今もいくつか残っていますし」

「そうか……。ならば、何か心当たりはないか？　魔獣に怪我を負わされて、これほど劇的な回復を遂げるなど、過去にはなかったことだ。もし原因が明らかになれば、多くの人々を助けられるようになるかもしれん。なんでもいい、何か思い当たることがあれば教えてくれ」

「え？　そう言われましても……」

ジムは困惑した様子で頭をひねるが、残念ながら心当たりはないようだ。

だが俺は、一つ思い出していた。俺が魔獣が出現した現場に到着する少し前に、魔獣が急に逃げていったというルースの言葉を。

これも過去に例がなかったことだ。ジムの怪我の奇跡的な回復具合と、何か関係があるのだろうか？

「……では、何かいつもと違うことはなかったか？　どんな小さなことでもかまわん。思いつくことがあれば全部言ってみろ」

「違うこと、ですか……。そういえば……」

何か思い当たったらしいジムに、思わず身を乗り出す。

「朝、看護師さんが包帯を替えてくれた時に、妙な紙が絡まっていたんです。血がついていたので、もう捨ててしまいましたけど……」

「どんな紙か、覚えているか？」

「何かの模様が描かれた紙が二枚ありました。元々一枚だった物が、二つに破れたような感じだったと思います」

「そうか。今朝のことなら、まだ残っているかもしれんな」

俺は急いで部屋を出て、すぐに院長に尋ねてみたが、残念ながら、今朝回収したごみは、すでに焼却炉で燃やしてしまったとのことだった。

急に逃げ出した魔獣……二つに破れた妙な紙……他に何か手がかりはないか？　そもそも、その紙は誰が仕込んだ？　可能なのは、包帯を巻いた病院の者か付き添いの者……いつもと違う人間……まさか⁉

思い当たった一人の人物に驚愕しながらも、俺は軍服の内ポケットに入れておいた物を取り出した。小さな巾着袋の中に入っていた物を取り出して見てみる。

そこには、ほぼ真っ二つに破れた、何かの模様が描かれた紙が入っていた。

「ジム、この紙に見覚えはあるか⁉」

急いで病室に戻り、ジムに見せて尋ねると、彼は目を見張って、破れた紙を観察した。

「同じかどうかは分かりませんが、俺が見た物と、よく似ていると思います。紙自体も、書かれた模様も……」

「そうか」

すぐに病院を出て、宿舎の離れに向かう。

いつもと違う人間といえば、サラしかいない。だが、魔獣に負わされた重傷を完全回復させるなど、国一番の治癒魔法の使い手でも不可能だ。たとえ怪我を治すことはできても、必ず後遺症が残ってしまう。魔法が使えないはずのサラが、どうやって治療をしたというのだ……？

宿舎の離れに着き、目的の部屋のドアをノックすると、サラはすぐに出てきた。

「お疲れさまです、旦那様」

明るい表情で出迎えたサラに、俺は息急き切って尋ねる。

「サラ、ジムの怪我を治したのはお前か？」

「えっ？　いいえ、私はそんなことはできません。魔法だって使えませんし」

目を丸くして首を横に振るサラに、俺は懐から取り出した物を突きつける。

「この紙と似た物を、お前はジムにやったのではないのか？　それでジムは奇跡的に治ったのではないのか？」

サラは模様が描かれた紙を一瞥して、口を開いた。

「確かに、私は旦那様がおっしゃる通り、ジムさんの怪我が治ってほしい一心で、これと似た物を作って、ジムさんに治癒のおまじないをしました。ですが、このおまじないに効果なんてありません」

「馬鹿な。これ以外に考えられないのだ。魔獣が急に逃げ出したのも、ジムが劇的に回復したのも。お前が作ってくれた魔除けのお守りと、治癒のおまじないとやらの効果だとしか……！」

語気を強める俺に、サラは悲しそうに笑った。

「だって、このおまじないは、母の病には全く効きませんでしたから」

出来の悪い仮面のようなサラの笑顔に、俺は言葉を失った。

……サラのこんな顔は、初めてだ。

今にも泣きだしてしまいそうな彼女の顔を目にして、嫌な記憶を思い出させてしまった罪悪感を覚える。

現状、サラ以外にジムの回復の原因が思いつかない。だからといってなんの確信もないまま、サラに嫌な記憶を思い出させてまで、回復の原因を追究すべきなのか……？

せいぜい気休め程度のものなんです、と続けて説明するサラに、俺は返す言葉を何も見つけられず、しばらくの間、ただその場に立ち尽くしていた。

◇◇◇

それから数日後、クヴェレ地方での仕事が終わり、私達は帰路に就いた。

「旦那様、連れてきてくださって、本当にありがとうございました」

馬車に揺られながら、私は改めて旦那様にお礼を言った。

「サラ、クヴェレ地方はどうだった？」

「おかげさまで、とても楽しかったです！」

「そうか。それなら何よりだ」

斜め向かいに座るジャンヌさんの問いに答えると、隣の旦那様が口を開いた。

魔獣が現れてジムさんが重傷を負ってしまったけれど、もうすっかり治ったと旦那様が教えてくれて、私は心底安堵《あんど》した。

予定していた温泉街の散策が半日になってしまったのは残念だったけれど、仕事時間外にも旦那様やジャンヌさんに色々なお店に連れていってもらったし、屋敷の皆にもお土産をたくさん買えたしで、私はとても充実した日々を送ることができた。これも旦那様をはじめ、魔獣から私達を守ってくれている兵士の皆さんのおかげだ。

「あ、あの、俺まで乗せてもらってしまって、本当に良かったんでしょうか」

私の向かいの席で、緊張した様子のジムさんが尋ねる。

「かまわん。奇跡的に完治しているとと診断されたとはいえ、お前は魔獣に重傷を負わされた身だ。だいじを取っておいて損はない」

「きょ、恐縮です！」

ジムさんは勢い良く旦那様に頭を下げた。

そう、行きは旦那様と二人だったけれど、帰りはジャンヌさんとジムさんも一緒なのだ。なんでも、ジャンヌさんには今回とてもお世話になったし、ジムさんは治ったとはいえ、魔獣から受けた怪我は何が起こるか分からないので、念のためにとのことだ。人数が増えて賑やかなので、私は大歓迎である。

「それにしても、本当に良かったですね。後遺症もなく、綺麗に治ったと伺いました」

「はい。俺が入院している時に、サラさんも付き添ってくださったんですよね？　俺はあまりよく覚えていないのですが、あの時はありがとうございました」

「いいえ、私は大したことはしていませんから」

元気そうなジムさんの姿に安心する。数日前まで、死人のような顔色で病床に横たわっていたとはとても思えない。魔獣から受けた傷は重症化しやすいことは私も聞いたけれども、それを抜きにしても、あの大怪我からこんなに早く回復するなんて、本当に奇跡みたいな出来事だ。

「ジム、あんた本当に運がいいよ。魔獣に怪我をさせられて、退職せざるを得なかった仲間達も大勢いたんだから。あんたは彼らの分までしっかり頑張りな！」

「はい、隊長！」

張りきってジャンヌさんに答えるジムさんを微笑ましく思いながら、私は旦那様をちらりと横目で見上げた。旦那様は難しい顔で何やら考え込んでいるようだ。

魔獣の一件があってから、旦那様はずっとこんな調子だ。何かに悩んでいるのなら、私も力になりたいとは思うものの、どうすればいいのか分からない。もし私なんかが聞いてはいけない軍事機密などで悩んでいるのなら、私が尋ねたところで、かえって旦那様をわずらわせてしまうことになりかねない。

そう考えると、なんとなく聞くことすらためらわれて、私は今日も旦那様を見守るだけだ。

……私は無力だな、とつくづく思う。

「セス、どうかしたの？　難しい顔して」

思い悩む私を一刀両断するかのように、ジャンヌさんが旦那様に尋ねた。

「今回のことは、果たして『運がいい』で片づけてしまっていいものかと思ってな」

「どういうこと？」

ジャンヌさんが再度問いかけると、こちらに視線を移した旦那様と目が合った。

「……サラ、お前に協力してもらいたいことがあるのだが……」

言いづらそうに口を開く旦那様に、私は勢い込んで答える。

「私にできることなら、なんでもやります！」

「……いいのか？　まだ内容も言ってはいないが」

「旦那様のお力になれるのでしたら、喜んで！」

「そ、そうか……」

旦那様は若干驚いたように目を丸くしながらも、肩の荷が下りたように表情を和らげた。その様子を目の当たりにして、もっと早く旦那様に尋ねていれば良かった、と私は後悔する。

まさか私に関することで悩んでいるだなんて思いもしなかったのだ。私が勇気を出して尋ねていたら、もっと早く旦那様の憂いを晴らすことができていたかもしれないのに。行き場のない私を拾ってくれた旦那様のお役に立てることなら、私はなんだってしたいのだ。

「俺の推測だが、今回、重傷を受けたジムが劇的に回復したのは、サラのまじないの効果ではないかと思っている。先日、お前は否定していたが、他の可能性は考えられなかった。だから、実験がしたい」

「実験、ですか？」

「ああ。俺の部下に魔獣に怪我を負わされ、今もその後遺症に悩まされている者がいる。そいつに、お前の治癒のまじないとやらをしてやってほしい。もちろん、駄目で元々でかまわん。今以上に悪くなることはないのだからな」

「……分かりました。それで、旦那様が納得されるのでしたら」

私のおまじないが効いて、ジムさんの怪我が治っただなんて、私はこれっぽっちも思っていない。だけど、旦那様が望むのならば、幾らでも実験に付き合うつもりだ。旦那様の気が済むまで。


馬車は順調に進み、ジムさんとジャンヌさんを送り届けて、私達はキンバリー辺境伯家に帰ってきた。

「おかえりなさいませ、旦那様。サラさんも」

「ただ今戻りました、皆さん！」

出迎えてくれた屋敷の皆の笑顔を見て、ほっとしながら、ここが私の帰る場所になったんだな、と改めて感慨深く思った。やっぱり、自分の居場所があると、とても安心する。この環境を与えてくれた旦那様には、感謝してもしきれない。

「あの、これ皆さんにお土産です」

お菓子や干し肉などのお土産を一人ずつ配って回ると、皆目を丸くした。

「こんなにたくさん買ってきてくださったのですか？　本当にありがとうございます！」

「いいえ。急にここで働かせていただくことになった私に、皆さん本当に良くしてくださって、とても感謝しているんです。これはほんの気持ちです。これからも皆さんに何かとお世話になるかと思いますが、どうぞよろしくお願いいたします」

「こ……こちらこそ、どうぞよろしくお願いいたします！」

私がお礼を言って頭を下げると、なぜか皆に涙ぐまれ、ハンナさんに至っては泣かれてしまった。

5．旦那様の実験

翌日、私は旦那様と一緒に、旦那様の職場である国境警備軍の本拠地に向かった。クヴェレ地方から帰ってきたばかりで疲れているだろうから、後日でもかまわない、と旦那様は気遣ってくれたけれど、少しでも早く、旦那様の役に立ちたかったのだ。

それに私は、クヴェレ地方では屋敷にいる時と大して変わらない仕事をしていただけなのだ。旦那様は、温泉街の警備をしたり、魔獣と戦ったりと、私よりも疲れているはずなのに、通常通り出勤するのだから、私だけぬくぬくと甘やかされたくはなかった。

国境警備軍の本拠地である砦は、国境である大きな川沿いに建てられていた。川の向こうは見渡す限り森になっていて、魔獣がうようよと棲《す》みついているらしい。数が増えすぎたり、冬場になって餌が少なくなったりすると、獲物を求めて川を渡り、人の居住域に来ることがあるそうだ。

だが、昼夜問わず交代で砦から見張っているので、ほとんどの場合は魔獣が川を渡りきる前に掃討することができるとのことだ。頼もしい限りである。

大きな門を通り抜けて、見上げるほど高く聳《そび》え立つ石造りの砦に足を踏み入れる。独特の重々しい雰囲気に圧倒されながら、旦那様の後について廊下を進み、旦那様の執務室らしい部屋に入った。

「その辺に適当に座って、少し待っていてくれ」

旦那様が指し示したソファーに腰を下ろす。部屋の奥にある大きな机に積み上がっている書類を、次々に片づけていく旦那様に感心しながらおとなしく待っていると、部屋の扉がノックされた。

「失礼いたします、総司令官。お呼びと伺いましたが」

入ってきたのは、筋骨隆々で背の高い大柄な男の人だった。ただでさえ威圧感を感じるほどの鋭い目つきである上に、顔の左半分には火傷《やけど》のような痕があり、私は思わず全身を硬直させてしまった。

「来たか。サラ、紹介しよう。国境警備軍第一隊隊長のラシャドだ」

「はじめまして、ラシャドと申します」

「は、はじめまして。サラと申します。旦那様のお屋敷で働かせていただいております」

緊張しながら頭を下げると、ラシャドさんは微笑んだ。

「すみません、驚かせてしまったでしょう。私の顔が普通の人よりも怖い自覚はあるのですが、中々改善できないのです。申し訳ない」

「い、いいえ、少し驚いてしまっただけです。こちらこそ、お気を使わせてしまって申し訳ございません」

ラシャドさんは見た目は怖いけれども、私みたいな使用人にも礼儀正しく接してくれ、誠実そうな印象を受けて私の緊張は解れていった。だけど、黒髪を頭の後ろで縛ったラシャドさんの深緑色の左目に、なんとなく違和感を覚える。

「サラ、ラシャドは以前魔獣と戦った時に、顔に傷を受けてしまった。そのせいで、左目は光を感じる程度でほとんど見えておらず、気温が下がると顔の傷も痛むらしい。ラシャドにお前のまじないとやらを施してやってほしい」

旦那様の言葉を受けて、私は改めてラシャドさんの怪我を見つめた。言われてみれば、ラシャドさんの左目は焦点が合っていない気がする。怪我の痕も左側の額の辺りから顎まであり、相当ひどかったであろうことがうかがえた。

こんな怪我に、私のおまじないなんかが効くわけが……。

「気負われずとも大丈夫ですよ。すでに医者からはこれ以上治る見込みはないと匙《さじ》を投げられていて、私自身ももう諦めています。これはあくまでも実験だと、総司令官からも伺っていますので、どうぞ気楽にしてください」

気弱になっていた私は、ラシャドさんの言葉を聞いて、心が軽くなったのを感じた。

「はい、かしこまりました。お気遣いありがとうございます」

もし、私のおまじないに、本当に効果があるのなら……この優しい方の怪我を治したい。

私はそう強く願いながら、紙とペンを取り出し、模様を描いていった。額に押し当てて祈りを捧げ、その紙をラシャドさんの左目に当てて、包帯を巻いて固定していく。

「では明日、効果のほどを見てみるとしよう。ラシャド、不便だろうが、その間包帯は外すな」

「心得ました」

本当にこのおまじないで、ラシャドさんの怪我は良くなるのだろうか。私は不安でたまらなかった。

効くわけがないと分かっているけど、少しでもいいから、なんとか良くなってほしいな……。


その日、そのまま帰宅した私は、翌日、再び旦那様と砦を訪れた。昨日と同じ部屋で、ラシャドさんの包帯を外していく。少しずつ見えてきた火傷のような怪我の痕が、なんとなく昨日よりも薄くなっているように見えるけど……きっと気のせいだろう。

完全に包帯を取った時、私が描いたおまじないの紙がはらりと床に落ちた。その紙はなぜか真っ二つに破れていた。

「どうだ？　ラシャド」

旦那様に促され、ラシャドさんは右目を手で隠して、ゆっくりと目を開けた。と同時に、驚いたように息をのむ。

「……明らかに、昨日よりも見えるようになっています。ぼんやりとですが、人の形が分かります」

「……⁉」

ラシャドさんの返答に、私は愕然とした。

嘘《うそ》……⁉　まさか本当に、私のおまじないが効いたとでもいうの……⁉

当惑して立ち尽くす私の前で、旦那様がラシャドさんの目の前に手を突き出す。

「ラシャド、俺が今、何本指を立てているか分かるか？」

「えっと……私の前に手を出されているのはなんとなく分かるのですが、指の数までは……」

「そうか。サラ、昨日と同じことをもう一度してみてくれ。そしてまた、明日どうなっているか確認しよう」

「は……はい」

私は動揺しながらも、昨日と同じ手順でおまじないをラシャドさんに施した。気を抜くとペンを持つ手が震えたり、包帯を巻く時も手が震えたりして、昨日よりも少し時間がかかってしまった。

本当に私のおまじないの効果なのか、そして今度も効くかどうかは分からないのに、ラシャドさんに深く頭を下げてお礼を言われてしまい、私はさらに困惑してしまう。

どうして……？　お母さんの時には全然効かなかったのに、なんでラシャドさんは回復しているの……？

◇◇◇

その夜、帰宅した俺は、真っ先にサラを部屋に呼んだ。

「失礼いたします、旦那様」

部屋に入ってきたサラにソファーを勧め、自らもその向かいに腰かける。

「サラ。まずは実験に付き合ってもらった礼を言う」

「え？　いいえ、旦那様のお役に立てるのであれば、光栄です」

サラは恐縮しながらもはにかんでいるが、やはりその顔色は冴えない。昼間、ラシャドのまじないの結果を確認した時から、ずっと曇ったままだ。

「……お前のまじないがジムとラシャドには効いて、母君には効果がなかったことで悩んでいるのか？」

単刀直入に聞くと、サラはビクリと肩を震わせて、目を伏せた。

「……旦那様のおっしゃる通りです。母の時は、藁《わら》にもすがる思いで、必死になって祈りながら作ったおまじないが全然効かなかったのに、なんで今さら、気休めや、半信半疑で作ったものが効果を発揮したんだろう、と思ってしまいまして……」

力なく笑うサラに、胸が痛む。まだ幼いサラが、なんとか母君を助けようと懸命にまじないにすがった姿が、容易に想像できた。

「俺の推測だが、お前のまじないは万能ではないのだろう。効果を発揮するには、なんらかの条件があるのではないかと考えている」

「条件、ですか……？」

俺の言葉に、サラは顔を上げた。

「そうだ。例えば、母君の時はお前が子供で未熟だったがゆえに効かなかったとか、怪我には効くが病気には効果がない、あるいは魔獣が絡むことに対してのみ効果があるとか、現時点では色々考えられる」

俺が考えを告げると、サラは驚いたように目を見開いた。

「俺は他にも様々な実験をすれば、その条件を絞り込み、明らかにすることが可能だと考えている。……だが、お前の気持ちを無視し、つらい思いをさせてまで、どうしても突き止めたいわけではない。お前がこれ以上の実験は嫌だと言うのなら、断ってくれてもかまわん」

俺が話している間、サラは戸惑ったように瞳を揺らしていた。だが、やがて目を閉じて深呼吸をすると、微笑みながら口を開いた。

「旦那様、お気遣いありがとうございます。ですが、私もこのおまじないのことを、もっと知りたくなりました。……母には効きませんでしたが、他の方には少しでも効果があって良くなるのなら、そして旦那様のお役に立てるのなら、これからもぜひ、実験をお願いいたします」

吹っ切れたように表情を明るくして、頭を下げるサラに、俺は目を見開いた。

正直、断られることも覚悟していた。サラのまじないが本当に効力があるものならば、治してやりたい者達がたくさんいる。だが、サラは母君から教わったまじないをするたびに、母君を救えなかったことを思い出すはずだ。自分が傷ついてまで、見ず知らずの他人を治療したくないと拒否されてもおかしくはない。

だが、俺を真っ直ぐに見据えるサラの目に迷いはなかった。彼女は、俺が思っていたよりも、ずっと強い人間であるようだ。

彼女の精神力は、尊敬に値する。

「……そうか。礼を言う。お前のおかげで、きっと多くの者達を救うことができるだろう」

「旦那様、まだ本当に私のおまじないに効果があると分かったわけではありません。あまり過剰に期待なさらないでください」

「そうだったな」

サラは困ったように苦笑を浮かべていたが、俺はすでにサラのまじないの効力を確信していた。重傷を受けたジムが完治し、ラシャドの古傷が多少でも良くなったのは、間違いなくサラのおかげだと。

そして、そのまじないを教わったという、サラの母君についても気になる。

実験時に見せてもらったまじないの製作過程は、サラの言うように模様を描くというよりも、細かな文字を精密に配置しながら書き込むことで、遠目からは幾何学模様に見えるようにしているといった方が正しいのではないかと思う。とはいっても、サラが書く文字は俺が見たこともないものなので確信は持てないが、少なくともサラの母君は、ただ者ではないことだけは確かだ。リアンに調査を命じておいたが、果たしてどんな報告が上がることやら。


サラとの話は終わり、俺は夕食の席に着いた。料理の一品を見て、俺は目を丸くする。

「これは、シカ肉の燻製《くんせい》か？」

「左様でございます」

俺の問いに、リアンが微笑みながら答えた。

「サラさんが旦那様にと、クヴェレ地方で買ってこられ、ケイに預けておられたお土産をお出ししました」

「サラは同行していた俺にまで、土産を買ったというのか？」

「はい。旦那様にお礼と感謝の気持ちをお伝えしたいと」

「……そうか。サラはどうした？」

「今頃は厨房でケイの賄いの準備を手伝っているかと」

「そうか」

クヴェレ地方では、ろくに案内もしてやれなかったというのに、わざわざ俺にまで土産を買ってくれたサラに戸惑いながらも、胸に温かな気持ちが広がっていく。

「サラさんは、とてもいいお嬢様でございますね。あのようなお方は、二人とおりますまい」

「そうだな」

リアンの言葉に、素直に同意する。

俺の中で、日に日にサラの存在感が増している。あれほど素直で、真っ直ぐで、何事にもひたむきで、心を動かされる令嬢は今まで会ったことがない。俺が勝手につくった貴族令嬢の像に彼女をも当てはめ、ぞんざいに扱っていた過去の自分を恥じる。

サラの真心溢れる言動に対して、俺は十分に報いているのだろうか。ジムのことといい、ラシャドのことといい、サラは俺の要望に嫌な顔一つせず応えてくれているのに、俺は何も返せていないのではないだろうか。

今度、サラに何か贈り物でもしてみようか。

年頃の女性に対して、初めてそんなことを思いながら、俺は燻製を口に運んだ。

◇◇◇

私が砦にお邪魔して、毎日ラシャドさんにおまじないをするようになってから、一週間ほどが過ぎた。

「どうだ？　ラシャド」

包帯を外し、目を開けたラシャドさんに、旦那様が問いかける。

「昨日よりも、はっきり見えるようになりました。もう右目とほぼ変わらないくらいです」

喜色に満ちたラシャドさんの顔の左側にあった怪我の痕は、だいぶ薄くなり、目立たなくなっている。真冬になると古傷の痛みで夜中に目を覚ますこともあったそうだが、今は痛みもなくなり、朝までよく眠れるのだそうだ。

「これもサラさんのおかげです。本当にありがとうございます」

深々と頭を下げるラシャドさん。

「いいえ。お礼をおっしゃるのなら、私よりも旦那様にお願いいたします。この実験は旦那様の発案なのですから」

そう、ラシャドさんの目を治すことができたのは、旦那様のおかげに他ならない。私が気休めだとしか思っていなかったこのおまじないに、もしかしたら本当に効力があるかもしれないと気づいたのは旦那様だ。

それに、私が実験を継続できたのも、旦那様のおかげだ。お医者さんにも匙を投げられていたラシャドさんの目が、私のおまじないで少し見えるようになって、動揺してしまった。そんな私に旦那様が気づき、私の気持ちを慮《おもんぱか》ってくれたことが本当に嬉しかった。

だからこそ私は、母から教わったこのおまじないのことを、もっと知って使いこなせるようになりたいと思えたのだ。旦那様がいなかったら、私はなぜ、どうして、という思いを引きずったままで、こんなに前向きな気持ちで実験を続けていられなかったに違いない。

「本当に良かったですね、ラシャド隊長。一番のクリスマスプレゼントなんじゃないですか？」

微笑みながらラシャドさんに声をかけたのは、包帯を取っている時に、旦那様に決裁書類を持ってきたジャンヌさんだ。ラシャドさんの目が気になるらしく、そのまま部屋に残って見守ってくれていた。

「ああ。妻と結婚し、子供が生まれた時と同じくらい嬉しいプレゼントだ」

ラシャドさんが喜色満面の笑みで答える。

ジャンヌさんの言う通り、丁度明日はクリスマスだ。旦那様の実験のおかげで、おまじないの効力が明らかになった今、私にとっても嬉しいクリスマスプレゼントのように思えた。

「サラ、ラシャドの他にも、お前の力を必要としている者は大勢いる。これからも協力してはくれないか？」

「もちろんです、旦那様！」

私が即答した時、にわかに部屋の外が騒がしくなった。

「セス！　サラちゃんが来ているって聞いたぞ！　なんで俺に会わせてくれねえんだよ！」

ノックの音がするや否や即座に扉が開けられ、山吹色の髪に栗色の目の男の人が入ってきた。

「ジョー！　いきなり入ってくるなんて失礼でしょ!!」

「なんだよジャンヌ。ノックならちゃんとしたじゃねえか」

「入室の許可は出していない。下がれ」

「なんだよセス！　俺だけのけ者にするなよな！」

一気に騒がしくなった室内に唖然《あぜん》としていると、私と男の人の目が合った。

「お、君がサラちゃんだな！　セスとジャンヌから話を聞いて、ぜひ会いたいなーって思っていたんだ！　俺はジョーだ。よろしくな！」

握手を求めて手を差し出してきたジョーさんの頭に、ジャンヌさんが容赦なくゴツンと拳骨《げんこつ》を落とした。

「いってぇ‼　何するんだよ‼」

頭を押さえて抗議するジョーさんの耳をつまんで、ジャンヌさんが大声で怒鳴る。

「あんたねぇ‼　いきなり入ってきてなんなのよその態度！　失礼極まりないって何度言えば分かるの⁉　いい加減にしなさい！」

「わ、分かった！　俺が悪かったから耳元で叫ぶな！　ってか離してくれ痛いって‼」

ジャンヌさんはそのままジョーさんの耳を引っ張りながら部屋から出ていってしまった。

いったいなんだったんだろう。

とりあえず、以前旦那様とジャンヌさんがジョーさんを私に会わせたがらなかった理由は分かったような気がした。

「サラ。今のは見なかったことにしろ」

「かしこまりました、旦那様」

疲れたようにため息をつく旦那様に即答する。

「申し訳ありません、総司令官。以前の私の教育が甘かったようです」

ラシャドさんが旦那様に頭を下げた。

「いや、あれは誰が指導してもどうしようもなかっただろう。それよりもラシャド、左目の視力を取り戻した今、お前がジョーに後れを取ることはあるまい。年明けの昇格試験の実技は期待している」

「はい。必ずや副司令官の地位に返り咲いてみせましょう」

口角を上げるラシャドさんの声色には、自信が満ち溢れていた。


総司令官室を出て帰ろうとした私は、ジャンヌさんに呼び止められた。

「サラ、さっきは本当にごめんなさいね。ほら、あんたも謝る！」

ジャンヌさんに首根っこを掴《つか》まれていたジョーさんの頭には、大きなたんこぶができていた。

「さっきは悪かったな。サラちゃんが砦に来ているって聞いて、何度も会わせろってセスに言っていたのに、一向に紹介してくれねえもんだから、つい頭に血が上っちまって……」

すっかり肩を落としているジョーさん。

「こんな旦那だけど、これからは夫婦ともども仲良くしてもらえないかしら？」

「はい。こちらこそよろしくお願いします」

「ありがとう、サラ！」

「恩に着るぜ、サラちゃん！」

私が笑顔で答えると、二人ともほっとしたように表情を明るくした。ジョーさんは少し礼儀に欠けるみたいだけど、悪い人ではなさそうだ。

ジャンヌさん達に見送られながら、私は屋敷に帰り、掃除と夕食の支度を手伝った。クリスマスイブの今日は、ケイさんが腕によりをかけてご馳走を作ってくれるそうで、今からとても楽しみだ。

日が沈み、帰ってきたばかりの旦那様がお呼びだと聞いて、私は準備していた物を制服のポケットに入れて、旦那様の部屋を訪れた。

「失礼いたします、旦那様。お呼びだと伺いました」

「ああ。お前にこれを渡そうと思ってな」

旦那様が差し出したのは、綺麗にラッピングされた小箱だった。思わず目を丸くして、小箱と旦那様を見比べる。

「……私に、ですか？」

「そうだ。最近はお前の働きにとても助けられているからな。丁度クリスマスだから、その礼にと思って用意した。……気に入るか分からんが」

いつになく緊張した様子で視線を逸らす旦那様。頬がうっすらと赤く染まっているように見えるのは、寒い外から帰った直後だからだろうか。震える手で、旦那様から小箱を受け取る。

「ありがとうございます……‼　とても嬉しいです！　開けてみてもいいですか？」

「ああ」

小箱の中には、とても綺麗な髪飾りが入っていた。雪の結晶を模した銀細工が三つ並んでいて、それぞれの中心には、海の色によく似た青い透明な石が煌《きら》めいている。

「こ……こんな高そうな物、本当に私が頂いてしまってもいいのでしょうか……？」

「ああ。お前のために作らせた物だからな。気に入らなかったのでなければ、受け取ってくれると助かる」

「わ、わざわざ私のために……⁉」

高そうなオーダーメイドの髪飾りに尻込みしつつも、旦那様の気持ちが凄く嬉しかった。

「ありがとうございます！　一生大切にして、家宝にします！」

「いや、家宝にはしなくていい。気に入ったのなら使ってくれ」

「とっても気に入りましたけど、使うのがなんだかもったいないです」

「使え」

思いがけずとても素敵なプレゼントを旦那様からもらってしまって、私はすっかり舞い上がってしまった。

「あ……あの、旦那様、お礼になるかどうか分かりませんけれど……」

ポケットに入れていた、旦那様へのクリスマスプレゼントを取り出して、旦那様に手渡す。

包み紙の中身はキンバリー辺境伯家の家紋であるハヤブサを刺《し》繍《しゅう》したハンカチだ。

髪飾りの足元にも及ばないけれど、心だけは込めて一生懸命刺繍した。旦那様が気に入ってくれるといいのだけれど……。

「俺のために用意してくれたのか……？　礼を言う」

顔を綻ばせて旦那様が受け取ってくれ、私は嬉しくて満面の笑みを浮かべた。

その後、旦那様に促され、私達は夕食の席に向かった。

ケイさんの料理はいつもよりも豪華で、見た目も美しく、味もとてもおいしかった。つい食べすぎてしまい、お腹がいっぱいになって、とても満たされた気持ちになった。でもそれ以上に、旦那様からの贈り物がとても嬉しくて、私は夕食後寝るまでの間、髪飾りを片時も離さず、色々な角度から眺めてはその美しさに見惚れていたのだった。

翌朝、身支度を整えた私は、鏡の前で旦那様にもらった髪飾りを着けてみた。髪飾りはとても素敵で、自分が上品なお嬢様になったように見えて気分が浮き立つ。

本当に私にはもったいない品だと思うのだけど、観賞するだけで使わなかったらそれこそもったいないし、折角プレゼントしてくれた旦那様にも失礼だ。この髪飾りにふさわしい人間になれるように努力しないと、と思いながら張りきって食堂に向かう。

「おはようございます、ハンナさん」

「おはようございます、サラさん。あら、素敵な髪飾りですね」

「ありがとうございます。実はこれ、昨日旦那様に頂いたんです」

相好を崩したまま口にすると、ハンナさんは一瞬驚いたような表情を浮かべたが、すぐに目を輝かせた。

「まあ、そうでしたか！　良かったですね。凄くよくお似合いですよ」

「ありがとうございます」

リアンさんやベンさんも髪飾りに気づいてくれて、似合うと褒めてくれた。少し照れくさかったけれどもやっぱり嬉しくて、私はさらに口元を緩める。

浮かれ気分のまま仕事を始めて、朝食を終えた旦那様を見送る。最近は私も早めに朝食を済ませて、旦那様と一緒に砦に向かっていたけれど、今日からは屋敷の大掃除を手伝うため、次に砦に行くのは年明けなのだ。

「いってらっしゃいませ、旦那様」

旦那様は出がけに私を一瞥して、珍しく口元を綻ばせた。

「よく似合っているぞ、サラ。……行ってくる」

旦那様の微笑みつきの褒め言葉は、破壊力抜群だった。私はお礼を言うのも忘れて、しばらく旦那様が出ていった玄関の扉を見つめ、顔を熱くしたまま立ち尽くしてしまった。

……絶対毎日、この髪飾りを着けることにしよう。

旦那様の言葉が嬉しすぎて、しばらくの間、私の頬の筋肉はすっかり緩んでしまっていた。

その日は、普段あまり使っていない倉庫を念入りに掃除したり、棚の中の物を全部出して綺麗に拭いたりして、一日が終わった。結構な重労働をしていたはずなのだが、なぜか全然疲れなかった。

その夜、帰宅した旦那様がお呼びだとのことで、私は執務室にお邪魔した。

「失礼いたします」

勧められたソファーに腰かけて、旦那様と向かい合わせになる。

「サラ、お前を正式に国境警備軍で雇いたい」

旦那様の話に、私は目を丸くした。

「お前のまじないはラシャドには非常に効果的だった。今後も同様の効果が望めるかはまだ未知数だが、より多くの人々に試してみる価値は十分にある。だが、俺の使用人という今の立場であれば、軍での検証と屋敷の仕事のかけ持ちになってしまい、お前には負担が大きかろう」

確かに旦那様の言う通り、私が砦に行く日は、屋敷に帰ってきてからいつも通りの仕事をこなすのが少し大変ではある。

「軍としても、本腰を入れてまじないの効果の研究が望ましくなった以上、正式にサラを雇用したいと考えているが、お前はどうだ？」

ただでさえ望外な話なのに、私の意志を確認してくれる旦那様。私に最大限の配慮をしてくれていることが伝わってきて、旦那様に感謝しながら答える。

「ありがとうございます、旦那様。身に余る光栄です。旦那様のご期待に沿えるかどうか分かりませんが、どうぞよろしくお願いいたします」

屋敷での仕事もやりがいがあったけれども、今の私なら、きっとこちらの方が旦那様のお役に立てるだろう。どちらにしろ私に異存はないので、旦那様に深々と頭を下げる。

「そうか。では年明けからよろしく頼む。仕事内容としては、引き続きお前のまじないに関する実験の他、空いた時間があれば書類整理などもしてもらいたい。お前が望むのならば寮の手配をすることも可能だが、ハンナ達が寂しがるだろうから、特に希望がないのであればこれまで通り砦には屋敷から通えばいい。給料は月二万五千ヴェルで考えている」

「えっ、今までよりも多くもらえるんですか⁉」

私はつい前のめりになってしまった。

「ああ。お前のまじないが、もし軍にとってより有用なものだと分かれば、当然さらなる昇給もあり得る」

「昇給まであるんですか⁉」

なんて恵まれた条件なんだろう！

私は目を輝かせながら、旦那様の話をありがたく思うと同時に、おまじないがより旦那様の役に立つものであってほしいと強く願った。

「あと、これは俺からの提案だが、軍で働くにあたって、お前の身分を明らかにしておいた方がいいと思う」

「私の身分、ですか？」

旦那様の言葉に、私は当惑した。

クヴェレ地方にご一緒する時、旦那様に色々ややこしいことになりかねないし、危ない目にも遭いかねないと言われたので、私はただの平民の使用人ということにしたのだ。一応伯爵令嬢ではあるものの、そんなことなど自分では全く意識していない。

それなのに、今さら身分のことを持ち出すのはなぜだろう？

「お前に変な虫どもがつかないようにするためだ。クヴェレ地方に行った時も、初日から馬鹿者どもに声をかけられていただろう」

「……そんなことありましたか？」

思い出そうとしたものの、一向に心当たりがない私に、旦那様は一瞬目を丸くした後、呆れたようにため息をついた。

「とにかく、お前は伯爵令嬢で、俺の婚約者候補だと周知する。それを知った上で手を出そうとする愚か者はさすがにいないだろうからな」

「はあ……」

ジャンヌさんみたいなナイスバディな美女ならともかく、平凡顔でスタイルも良くない私なんかに声をかけようとする人がいるとはとても思えなかったが、それで旦那様の気が済むのならと、お任せすることにしたのだった。

6．国境警備軍での仕事

年が明け、私は正式に国境警備軍に雇用された。

屋敷の仕事の方は、旦那様とリアンさん達が色々と話し合った結果、私の代わりにベンさんの婚約者のアガタさんという人を新たに雇って任せることになったそうだ。

私は知り合ってまだ日は浅いけれど、赤茶色の髪に橙色《だいだいいろ》の目をしたアガタさんは、穏やかで優しげな大人びた女性で、とても感じのいい人だ。ベンさんともとても仲が良さそうで、休憩時間に少し照れながら二人で楽しそうに話しているところを見かけると、なんだか私もつられて微笑んでしまう。

ハンナさんも仕事熱心なアガタさんのことを、とても可愛がっているようだ。私も二人の結婚式を、密《ひそ》かに楽しみにしている。

「では、いってまいります」

「お気をつけていってらっしゃいませ」

まだ少し緊張が抜けきっていない様子のアガタさんと皆に見送られながら、私は旦那様と共に皆に初出勤する。

「サラちゃん、国境警備軍へようこそ‼」

砦に足を踏み入れるなり、歓迎してくださったジョーさんの頭を、ジャンヌさんが勢いよく引っぱたいた。

「あんたねえ！　貴族のお嬢様をちゃん付けで呼んだら失礼でしょうが！」

私が雇用されるにあたって、先に旦那様が、部下の皆さんに私の身分を明かしておいてくれたそうだ。

「いいえ、気にしないでください、ジャンヌさん。それに、もし良かったら、今まで通り接していただけるとありがたいです」

私が慌てて取りなすと、ジャンヌさんは困ったように微笑んだ。

「そう言ってもらえると助かるけれども……本当にいいの？　私も知らなかったとはいえ、今まで失礼だったんじゃないかって思っているんだけど……」

「そんなことはありません。私もお伝えしていませんでしたから。それに、私は元々平民として過ごしてきたので、令嬢だなんて自覚は全くありませんし」

「そう？　……じゃあ、お言葉に甘えさせてもらうわ、サラ」

「そうしていただけると嬉しいです！」

私の身分を明かすことで、ジャンヌさん達を混乱させてしまったみたいで申し訳なかったけれど、今まで通り受け入れてくれたみたいで、私は嬉しかった。

「じゃあ、これからもよろしくな、サラちゃん！」

「待て。ジャンヌはともかく、貴様がサラを馴れ馴れしく呼ぶなど言語道断だ」

満面の笑みを見せたジョーさんと私の間に、なぜか旦那様が割って入り、ジョーさんを睨みつけた。

「あ？　なんだよセス！　俺だってサラちゃんと友達なんだから、親しくする権利くらいあるっつーの！」

「サラは俺の婚約者候補だとも言ったはずだ。最低限の礼儀は弁《わきま》えてもらおう」

「はあー!?　随分と心の狭い男だな？　その婚約者候補様を今まで使用人扱いしていたのは、どこのどいつだっつーの！　手のひら返しもいいところだろうが！」

ジョーさんの言葉を聞いていられなくなって、私は旦那様の前に飛び出した。

「私が旦那様に使用人として雇っていただけないかと無理にお願いしたんです！　お恥ずかしい話ですが、何も持たずに着の身着のままでこちらに来ましたもので……！　むしろ旦那様は私を助けてくださったんです！　悪いのは私なのですから、旦那様の悪口を言うのはやめてください！」

「わ、分かった、ごめんよサラちゃん……」

興奮した私は少し涙目になってしまったが、ジョーさんは慌てた様子ですぐに謝ってくれた。

「申し訳ありません旦那様、私のせいで……」

「いや、お前は悪くない。悪いのは全て無礼で無神経で無能なこの男だ」

「随分こき下ろしてくれるじゃねえかセス」

「俺が何か間違ったことを言っているとでも？」

旦那様とジョーさんの間に、火花が散っているように見える。この事態、いったいどう収拾すればいいのだろう？

私がおろおろと困惑し始めた時、ジョーさんの頭に拳骨が落とされた。ゴン！と、とってもいい音がした。

「セスの言う通りよ、ジョー。貴族令嬢が使用人として雇われている時点で、何か訳ありなんだなって分かるでしょ？　そんなことも考えずに口に出すなんて、本当にデリカシーのない男よね」

「うぐぐ……。サラちゃん、ごめん。俺またやらかしちまったみたいで……」

「いいえ、私は大丈夫ですから、気にしないでください」

すっかり肩を落としてしまったジョーさんは、相当痛かったのか両手で頭を押さえながら、ジャンヌさんに引きずられていった。さすがはジャンヌさんである。

「サラ、邪魔が入ったが、早速仕事に移るぞ」

「はい、旦那様」

私は旦那様の後について、救護室に案内された。そこで私の上司になる、救護班班長のテッドさんという、五十代くらいに見える男性を紹介してもらった。

灰色の髪で恰幅《かっぷく》のいいテッドさんは、救護班の中で唯一治癒魔法を使えるらしい。ヴェルメリオ国では、魔法を使える人々の中でも、治癒魔法を使える人はほんの一握りだそうなので、とても貴重な人材だ。

「まあ、私の魔力は少ない方で、多用すると魔力切れを起こしてしまうので、いざという時しか使えませんけどね」

テッドさんは謙遜していたけど、十分凄いと思う。

今後の方針としては、怪我人が出た場合、まず救護班の人が手当てをした後、その半数に私がおまじないを施し、怪我の治り具合を比較するらしい。また、魔獣から傷を受けて退職せざるを得なくなった元兵士達に、旦那様が声をかけているところなので、呼びかけに応じて砦を訪れた人々にも、おまじないを施して経過を観察するとのことだ。

私のおまじないが、効いてくれるといいのだけれど。

私が説明を受けている間にも、一人、また一人と怪我をした兵士の方が訪れてきた。軽度の打撲や擦り傷を手当てしながら、テッドさんが口を開く。

「初日からすまないね。年明けは恒例の昇格試験があるから、どうしても怪我人が多くなるんだよ」

年に一度の昇格試験は、まず一般兵から行われるらしい。実技で手合わせもあるので、皆必死になって挑むあまり、どうしても怪我が多くなってしまうのだとか。とはいえ、使うのは刃を潰した訓練用の剣だし、危険だと思ったら試験監督が魔法で止めに入るので、大した怪我にはならないらしいけど。

ちなみに後日行われる隊長クラスの実技試験は、勉強のためにと内部の人間なら見学も可能なのだそうだ。もちろん、今日雇用されたばかりの私も。それを聞いてしまうと、ジャンヌさん達がどれくらい強いのか、気になってきてしまった。

「最終日にはキンバリー総司令官も実技試験の相手役を担当されるから、時間を合わせて見に行くといいよ」

「本当ですか⁉　ぜひ見てみたいです！」

旦那様がとても強いことはハンナさん達から聞いてはいるけれど、僭越《せんえつ》ながら応援に行きたい。そしてあわよくば、旦那様の勇姿を拝見したい。

だけど、まずは目の前の怪我をした人におまじないをしなければ、と気を取り直した私は集中して紙に模様を描き始めた。

ふう……さすがに疲れたな……。

無事に初日を終えて、帰宅した私はベッドの上に身を投げ出した。行儀が悪い気もしたけれども、誰も見ていないのだからと内心で言い訳をする。

こんなにたくさんおまじないをしたのは初めてだからかな……。模様が複雑だから、結構集中力がいるんだよね……。

なんだか身体が怠くて、知らず知らずのうちにうとうとしてしまい、私はそのまま寝てしまった。

いつまで経っても私が夕食に下りてこず、心配したハンナさんとアガタさんが呼びに来てくれて、私は慌てて飛び起きたのだった。


昨夜は早めに寝たにもかかわらず、朝になってもまだなんとなく疲れが抜けきっていないように感じた。だけどこれくらいで休んでなどいられないので、気合を入れて起き上がる。

「サラ。昨夜は疲れた様子だったとハンナ達から聞いている。無理はするな」

「ご心配をおかけしてしまったみたいで、申し訳ございません。少し集中力を使いすぎただけですから、大丈夫です。お気遣いありがとうございます」

心配をかけてしまって申し訳ないと思いつつも、旦那様が気にかけてくれていることが嬉しくて、疲れもどこかに吹き飛んでいったような気がした。

出勤した私は、旦那様やテッドさん達と一緒に、昨日のおまじないの効果の検証で、救護室を再訪した兵士達の怪我の状態を確認していく。おまじないをした人達の怪我はほとんど治っていて、同じような怪我でもおまじないの有無で差があるのは歴然だった。

「サラのまじないは、普通の怪我でも効果を発揮するようだな。テッド、今日はまじないの数を絞れ。やりすぎると疲れるようだから、あまり無理はさせるな」

「かしこまりました」

旦那様が気を使ってくれたおかげで、その日は昨日よりも疲れずに済み、正直助かったしありがたかった。だけど、おまじないに効果があると分かった以上、一回でも多くおまじないができるようになって、より多くの人々を助けられるようになりたい。早くこの環境に慣れていかないと。


遂に昇格試験も最終日を迎え、テッドさんの許可を得て、私は実技試験が行われている訓練場へ見学に向かった。私が着いた時は、丁度ジャンヌさんとラシャドさんが手合わせをしているところだった。

ジャンヌさんが作り出した無数の風の刃を、ラシャドさんは何重もの土の壁で防ぎつつ、作り出した土の塊をジャンヌさん目がけて放っていく。ジャンヌさんはそれを風の刃で砕いたり、竜巻を起こして巻き上げつつそのままラシャドさんに叩きつけたりと、息もつかせぬ展開で目が離せない。

凄い……！　お二人とも、とっても強い……！

聞いたところによると、訓練場は魔法の壁のようなもので覆われているらしく、観客席には影響がないとはいえ、目の前で繰り広げられる大迫力の試合に、私はすっかり圧倒されていた。

やがて試合は、ラシャドさんが起こした地割れにジャンヌさんが足を取られた一瞬の隙に、ラシャドさんが剣を突きつけて勝敗は決した。

「はあ……。悔しいけど、さすがですね、ラシャド隊長。以前よりも腕を上げられたんじゃないですか？」

「実力はさほど変わっていないと思うが、左目が見えるようになったのが大きいな。これもサラさんのおかげだ」

「完全復活されたラシャド隊長相手じゃ、もうお手上げですよ」

「ジャンヌもだいぶ腕を上げたじゃないか」

ラシャドさんがジャンヌさんを助け起こしながら、何やら会話しているようだけど、遠すぎる上に大きな歓声にかき消されて、観客席には全く聞こえなかった。

次の試合は、ジョーさんとラシャドさんだ。遠目からでも、二人ともやる気満々だと分かる。

「ジャンヌの敵は、俺が取ってやるぜ！」

「ジョー副司令官。あなたの礼儀知らずな態度は目に余ります。私が再び副司令官の地位に返り咲いて、再教育して差し上げる！」

「へっ！　やれるもんならやってみな！」

こちらの試合は、先ほどよりもすさまじかった。

ラシャドさんが作り出す土の塊は、ジャンヌさんの時よりもずっと大きくて数も多く、一斉にジョーさんに襲いかかる。それをジョーさんは、炎をまとわせた剣で切り砕いたり避けたりしながら、負けじと炎の塊をラシャドさんに向けて放っていく。

ラシャドさんは土の壁で防御するけど、間合いを詰めたジョーさんが壁を剣で次々に切り崩す。ジョーさんが起こした大きな火炎がラシャドさんをのみ込んでしまい、本当に死んでしまわないかとハラハラする一面もあった。

ラシャドさんは間一髪で土の壁を作っていたようだけど、酸欠になってしまったのか、一瞬足がふらついたところでジョーさんに剣を突きつけられてしまった。

「クッ……またも不覚を取るとは……」

「クッソ……相変わらず守りが固すぎて嫌になるぜ……」

お互い死力を尽くしたのだろう。しばらくの間、二人とも肩で息をしていた。

次はいよいよ、旦那様の番だ……！

無意識のうちに、私は胸の前で両手を組んで握りしめていた。旦那様はとても強いのだから大丈夫だと信じているけれど、部下の皆さんがこれだけ凄い力を持っているのだから、万が一にも怪我をしてしまわないか、気が気でならない。

「行くぜセス！」

試合が始まった途端、ジョーさんが勢いよく旦那様に突進し、剣を振り下ろす。だけど旦那様が軽く二、三回剣を合わせると、ジョーさんの剣ははじき飛ばされてしまった。

「ジョー、力みすぎだ。肩の力を抜けといつも言っているだろう」

「クソッ！」

ジョーさんが炎の塊を旦那様に向けて乱射するが、旦那様が作った氷の壁が難なく防ぐ。

「これならどうだ！」

ジョーさんが先ほどの試合よりも巨大な火炎を作り出し、旦那様が炎にのみ込まれる。

「旦那様！」

思わず悲鳴を上げてしまったけれど、私の心配は杞憂《きゆう》に終わった。旦那様が一瞬で、炎ごとジョーさんを氷漬けにしてしまったのだ。

「さすが総司令官……。格が違うよな……」

「ああ。あの副司令官が、手も足も出ないんだもんな……」

「試合というよりも、いつも通り稽古をつけている感じで終わったよな」

観戦している周囲の兵士達から、そんな言葉が聞こえてくる。

試合が終わり、旦那様が魔法を解くと、ジョーさんはくしゃみを連発していた。

私は魔法に詳しくないが、たしか人一人を、それも一瞬で氷漬けにするには、かなりの魔力が必要なはずだ。それを涼しい顔で、指一本動かさずにできてしまう旦那様……やっぱり凄す

ぎる‼

すっかり興奮してしまった私は、救護室に帰ってテッドさんにその話をしたけれども、もっと大きな魔獣を数匹同時に氷漬けにしたという旦那様の逸話を聞いて、開いた口が塞がらなかった。

昇格試験も終わり、救護室を訪れる怪我人の数は目に見えて少なくなった。訪れる人がいても相変わらず軽傷なので、今は主に旦那様の呼びかけに応じて砦を訪れ始めた元兵士達の治療を行っている。

「具合はいかがですか？」

「ずっとジクジク痛んでいたんですけど、おかげさまで痛みがなくなりましたよ！　このおまじない、凄くよく効くんですね！」

どうやらラシャドさんの時と同様、魔獣から受けた古傷には、唯一このおまじないが効果的なようだ。

近場に住んでいる人達は砦に通いやすいけれども、遠方に住んでいる人達は砦に来るのも一苦労だ。なので、おまじないを施した紙の作り置きをしておいて、自分で取り替えてもらっても同様の効果が得られるのか、試してみることになった。

幸い、今のところは患者の人数も少ないので、空いた時間全てを使って模様を描けるのだが、十枚を超えてくると次第に疲れを感じ始める。

ふう……これで十七枚か。さすがに疲れたな……。でもまだ時間もあるし、もう少しだけ……。

集中力を使いすぎたのか、なんだか身体がひどく怠く感じる。

「サラさん、大丈夫かい？　あまり顔色が良くないな。少し休んだらどうだ？」

「ありがとうございます。でも、あと少しだけ……」

なんとか気力でもう一枚模様を描き終え、額につけて祈りを捧げたところまでは覚えている。

気がつくと、私は救護室のベッドに寝かされていた。

「サラさん、気がついたかい⁉」

「あれ……テッドさん……？」

起き上がろうとした途端、くらりと目眩《めまい》がした。

「無理をしては駄目だ。まだ寝ていなさい。頭は打っていないようだが、椅子ごと倒れたんだからな」

え？　私倒れたんだっけ……？

テッドさんに言われるままに安静にしていると、にわかに廊下の方が騒がしくなり始めた。

「サラ！　倒れたと聞いたが、大丈夫なのか⁉」

いつになく焦った様子で、旦那様が慌ただしく入ってきた。後ろには、ジャンヌさん達の姿もある。

「旦那様……ご心配をおかけしてしまったみたいで……」

謝ろうと身じろぎした私を、旦那様が制止する。

「無理に身体を起こすな、寝ていろ。テッド、サラは大丈夫なんだろうな!?」

「恐らくは。症状が魔力切れのものと酷似しておりますので、十分に休養を取れば回復されるものと思われます」

「魔力切れだと……!?　では、サラのまじないは魔法の一種だったということか？」

「それは分かりませんが、その可能性は高いかと」

テッドさんの話に、私を含めた全員が唖然としていた。

魔力……？　私に魔力なんてあったの？

ヴェルメリオ国では一般的な火魔法や水魔法でさえ、私は全然使えなかったので、てっきり私には魔力がないのだと思っていた。フォスター伯爵家で異母姉に魔法で虐げられていた時に、自分に魔法が使えたらと何度思ったことか。それなのに、今さらそんなことを言われても、と私は戸惑う。

「じゃあ、サラがおまじないをする時、模様を描いた紙に魔力を込めていたことになるのかしら……？　魔石に魔力を込めて、特定の魔法を発動させたり、魔道具に組み込んで使うというのはよく聞くけど、紙に込めるなんて聞いたことないわね」

「ああ。俺も聞いたことないぜ」

「総司令官、あれが魔法の一種だというのなら、相当珍しいものなのでは？」

ジャンヌさんもジョーさんもラシャドさんも、この魔法については全く知らないようだ。

「ああ。まじないが魔法の一種かもしれんというのなら、王都にある魔法研究所に相談すれば、何か分かる可能性もあるが……全てはサラが回復してからだ。サラ、今日はゆっくりと休め。それから二度と無理はするな」

「はい。ご心配をおかけしてしまって、申し訳ありません」

私はそのまま救護室で休ませてもらった。


一眠りして、少し動けるようになった頃、旦那様が再び救護室を訪れた。すでに窓の外は真っ暗だ。

「サラ、具合はどうだ？　もしまだ動けそうにないなら、ここに泊まってもかまわん」

「いいえ、少し動けるようになりましたので、お屋敷に帰りたいと思います」

「そうか」

ゆっくりと身を起こそうとする私に、旦那様は手を貸してくれた上に、外套まで羽織らせてくれた。

「ありがとうございます、旦那様……キャアッ⁉」

私が立ち上がろうとしたところで、軽々と旦那様に抱き上げられてしまった。

「だ、旦那様！　下ろしてください！　私歩けます！」

「無理をするな。ふらついて転んで怪我でもしたらどうする」

「で、ですが、旦那様にご迷惑をおかけするわけには……！」

「迷惑ではない。いいからおとなしくしておけ」

私は顔から火が出る思いであたふたしながらも、結局旦那様に馬車まで運ばれてしまった。

「旦那様、お手をわずらわせてしまい、申し訳ありませんでした……」

「かまわん。だが、これに懲りたら今後は決して無理をするな。恐らくお前が作れるまじないの紙の枚数には、お前の魔力量という限界がある。魔力が尽きて倒れてしまわないよう、疲れを感じ始めたらすぐに切り上げておけ。魔力が減れば減るほど、回復にも時間がかかるのだからな」

「はい、分かりました……」

私は居たたまれなくて、耳まで熱くしてうつむいたまま、旦那様の顔を見られなかった。

そして、屋敷に帰り着いた時も、旦那様に抱き上げられて部屋まで運ばれてしまった。

さらに旦那様はベッドで夕食が取れるようハンナさん達に指示をしたり、着替えや入浴の介助までするよう言及したりした上に、明日はだいじを取って休めと言い渡されてしまった。

フォスター伯爵家にいた頃は、貧血で倒れ慣れていた私は、ちょっと倒れてしまっただけなのに、なんだかどんどん大事になってしまっているようで、非常に恥ずかしくて申し訳なかった。旦那様は過保護ではないかと思わずにはいられなかったが、皆に迷惑をかけないためにも、今後は絶対に無理はしないと心に刻んだのだった。

◇◇◇

「おはようございます、旦那様」

翌朝、サラはいつも通りの時間に起きてきた。思ったよりも元気そうで何よりだ。

「体調はどうだ？」

「おかげさまでもう大丈夫です。少し怠さは残っていますが、今からでも出勤して働けるくらいで……」

「何を言っている。まだ顔色が悪い。今日一日は休んでいろ」

サラは放っておくと疲れていても無理をする。それは昨日で嫌というほど思い知った。サラが倒れたという知らせを受け、俺がどれほど心配し、俺が実験に付き合わせたせいではと思い悩んだか、本人は全く分かっていないらしい。

魔力切れで倒れてしまったのならば、一晩休んだ程度では魔力は完全には回復しないはずだ。回復できてもせいぜい五割、良くて七、八割といったところか。そんな状態で再びまじないのために魔力を使えば、また同じことが起こりかねない。

「ですが、少しくらいなら……」

「駄目だ。完璧に仕事をするためにも、万全に体調を整えるのが、今のお前の仕事だ」

渋るサラを諭して、今日一日はゆっくりさせるよう、ハンナにも言い含めておく。

余計なお節介だろうが、サラはもっと肉をつけるべきだと思う。ここに来たばかりの時と比べると、骨と皮ばかりだった身体は、昨日は多少マシになっていたとはいえ、まだまだ細くて軽かった。あんな華奢な身体では、いつかまた倒れてしまうのではないかと気が気でない。

出勤前に、もっと栄養価のある食事をサラに出すようケイに伝えろと、リアンに指示を出しておいた。

砦に出勤した俺は、質問攻めに遭った。

「おいセス！　サラちゃんは大丈夫なのか？」

「ねえセス、帰りにサラのお見舞いに行ってもいい？」

「総司令官、サラさんはまだお身体の調子が優れないのでしょうか？」

「あのっ、キンバリー総司令官！　サラさんのお身体の具合は……？」

ジャンヌ達はともかく、兵士達までもが、俺と顔を合わせれば口々にサラの容体を尋ねてくる。改めて、サラの人望の厚さを身をもって知る羽目になり、サラの身分を明かして牽制《けんせい》しておいて正解だったと実感した。そうでなければ、サラに言い寄る脳筋どもが次から次へと湧き出ていたに違いない。まだ本調子ではないが明日には出勤できるだろう、という回答を、今日一日だけで何十回繰り返したか分からないのだから。

とはいえ、今朝サラの元気そうな姿を目にしているはずの俺も、本当に大丈夫なのか、今頃きちんと休んでいるのか、まじないの紙を作り始めていないか、仕事の合間に思い出しては、気になって仕方がなかったのだった。

帰宅した俺は、今日のサラの様子をハンナに尋ねた。手持ち無沙汰のあまり、一、二枚ならと、まじないの紙の作り置きを始めかねないサラを、アガタが話し相手を務めることで見張ってくれていたらしい。

正直、若い女性は懲り懲りだったので、アガタを雇うことには抵抗があった。だがサラの例もあるし、ベンの婚約者ということもあるので、リアン達の勧めに俺が折れる形になったのだ。とはいえ、どうやら彼女を雇ったのは正解だったらしい。

彼女はベンに一途なようで、過去婚約者がいても俺に言い寄ってきたメイドのように、俺に余計な色目を使ってくる気配などは全くない。年が近い同性ということもあってか、今日一日でサラともだいぶ親しくなっていたと、ハンナも嬉しそうに語っていた。

サラを屋敷の使用人としてではなく、軍で雇用することになり、さすがにサラの世話をするメイドが必要になるかと思っていたので、彼女はうってつけの人材だったようだ。

……過去の出来事で女性にはもううんざりだったが、過剰に偏見と苦手意識を持ってしまっていたのかもしれない、と俺は少しばかり反省した。

「サラさんが、先日の試合での旦那様がとても格好良かったと、アガタに熱心に話しておられました。良かったですね、旦那様」

ハンナに含み笑いをしながら言われ、俺は先日、目を輝かせて昇格試験の感想を言いに来たサラを思い出した。

面と向かって、凄かっただの、格好良かっただのと、サラはやたらと褒めちぎっていた。だが、やる気に満ちたジョーの相手はわりと面倒なので、近年の昇格試験では、多少奴を指導した後、氷漬けにしているだけなのだが、そこまで言われるほどのことだろうか。

……まあ、サラに尊敬の眼差《まなざ》しで見られて、悪い気はしなかったが。

夕食の席で見たサラは、顔色もすっかり良くなっており、ケイが用意した分厚いステーキを残さず完食していた。この様子なら、明日は出勤させても問題ないだろう、と一安心した。だが念のため、無理をしないかきちんと見張っておくよう、テッドに念押しをしておかねばなるまい。

『旦那様、少しお話があるのですが……』

夕食後、耳打ちしてきたリアンを、俺は執務室に招き入れ、話を聞くことにした。

「以前ご指示いただきました、サラさんのお母様の件ですが、フォスター伯爵家でメイドとして勤めていた時に、先代の子を妊娠、辞職して出産後、大衆食堂でウエイトレスとして働き、その後流行り病で死亡していたところまでは裏が取れました。ですが、それ以前の足取りが全く掴めなかったそうです」

「全く、だと？」

「はい」

リアンの報告に、俺は眉をひそめた。

普通はどの貴族の家でも、雇おうとする人間のことは多少なりとも調べるものだ。それなのに、メイドとして勤める以前の経歴が全く出てこないというのは不自然だ。やはりサラの母君は、ただ者ではないらしい。

「ふむ……。もしかしたら、フォスター伯爵家に雇われるのを機に、偽名を使ったり身分を偽ったりして正体を隠そうとしたのかもしれんな。使用人の雇用時に決裁権を持つ者の身辺を中心に調べさせた方が早いかもしれん。もちろん、前フォスター伯爵も含めてな」

「かしこまりました。それと、継続していたフォスター伯爵家の調査なのですが……」

リアンからの詳細な報告を耳にして不敵な笑みを浮かべた俺は、彼にとある指示を出した。

ついでに、今日持って帰ってきた、サラが作り置きしていたまじないの紙を一枚取り出し、リアンに預ける。

「それを王都の魔法研究所に届けて、調べてもらえ。もし本当に魔法の一種であるならば、あそこなら何か分かるだろう」

「かしこまりました」

正直にいうと、個人的には気が進まなかったが、キンバリー辺境伯として、国境警備軍総司令官としては、当然の措置だ。厄介な事態にならないことを祈りつつ、そうなってしまった場合に備えて、俺はその対策を考え始めた。

◇◇◇

一日休ませていただいた翌日、すっかり回復した私が出勤すると、皆から口々に心配されてしまった。

「サラ、もう大丈夫なの？」

「はい、おかげさまで。ご心配をおかけしてしまって、申し訳ありませんでした」

「安心したぜ。急に倒れたって聞いたもんだからよ」

「お元気そうで何よりです」

ジャンヌさん、ジョーさん、ラシャドさんをはじめとして。

「サラさん、あまり無理はしないでください。倒れられた時は、肝を冷やしましたよ」

「本当に申し訳ありませんでした。今後はちゃんと気をつけます」

折角休憩を勧めてくれていたのに、無下にしてしまったことを、テッドさんに平謝りして。

「あっ、サラさん！　もう大丈夫なんですか？」

「倒れたって聞いて、心配していたんですよ」

「はい、もう大丈夫です。ご心配をおかけしてしまってすみませんでした」

顔を合わせた兵士達全員に心配されてしまって、もう恥ずかしくて居たたまれなかった。

無理は駄目、絶対……。

私は改めて、ちゃんと体調と相談しながら仕事をしようと心に刻むのだった。

7．王都へ

雪が解け、春になる頃には、私のおまじないについても色々と分かってきた。

治癒のおまじないは、怪我に有効で、特に魔獣から受けた傷には、これ以上ない効果を発揮した。古傷であっても時間をかけて治療すれば、以前と全く同じとまではいかなくても、それに近い状態まで回復することが可能だった。

おまじないは作り置きのものでも、効果にほとんど差はなかったが、風邪などの病気には全く効果を発揮しなかった。お母さんの流行り病に効かなかったのはこのせいか、と納得した私は、なんだか胸のつかえが取れてスッキリしたのだった。

使い勝手がいい治癒のおまじないの効果の検証が優先されていたが、最近は魔除けのおまじないの効果も重視され始めている。どうやら魔除けのおまじないには、魔獣を遠ざける効果があるようだ。なので取り急ぎ、魔獣の出没が多い場所や地域に常備できないか、作り置きを始めている。

とはいえ、また魔力切れで倒れてしまうわけにはいかないので、一日に作るおまじないの紙は、最大で十枚まで、と旦那様に約束させられている。私としてはもう少し増やしたいところではあるのだが、十枚以上になってくると、私が翌日まで疲れを引きずってしまうので仕方がない。

そんなある日、事件は起こった。

「サラ、お前に相談したいことがある」

砦から帰宅し、夕食を頂いた後、珍しくやけにげんなりした表情の旦那様に呼ばれて、私は旦那様の執務室にお邪魔した。

「いとこ殿から俺に夜会の招待状がきた。ご丁寧に、婚約者殿も必ず連れてくるようにとのお達しだ」

私は目をぱちくりさせた。

旦那様のご婚約者様……いらっしゃったんだ。お見かけしたことはないけれど……。

なんだか急に胸が重くなったように感じながらも、なぜ私にそんなお話をされるのだろう、と不思議に思っていると、なぜか旦那様に睨まれた。

「お前のことだ、サラ」

私は再び目を瞬かせた。

「……え、ええ⁉　私が旦那様の婚約者なんですか⁉」

確かに、国境警備軍では、便宜上私は旦那様の婚約者候補ということになっているが、いつの間に婚約者になったのだろう。

「お前は最初そのつもりでここに来ていただろうが」

旦那様に指摘されて、そういえばそうだった、と思い出す。

「ですが、たしかこの縁談は、旦那様の方からお断りのお手紙を出されたとおっしゃっておられたのでは？」

そう尋ねたら、旦那様は苦い顔をした。

「確かに手紙は出したが、その後もお前がずっと屋敷に滞在していることで、いとこ殿は俺が相手の顔も見ずに早々に出した手紙など無意味だと判断したようだ。俺がいまだに滞在を許している初めての令嬢を、直々にその目で確認したいらしい」

旦那様のお言葉に、私はサアーッと血の気が引いていった。

「も、申し訳ございません‼　私が旦那様に甘えて住まわせていただいているばっかりに、大恩ある旦那様にとんだご迷惑をおかけしてしまい……‼　今すぐに荷物をまとめて、明日にでもこのお屋敷を出ていきます‼」

「待て！　そんな話をしているのではない！」

慌てて頭が床につくほど深々と下げて謝罪すると、旦那様が無理やり私の頭を上げさせた。

「お前に相談というのは、俺の婚約者として夜会に出席してほしいということだ。いとこ殿から正式に招待されてしまった以上、断るのも難しい。それに、さすがに婚約者がいると分かれば、俺に近づいてくる鬱陶《うっとう》し……面倒……ゴホン、俺を結婚相手にと考える令嬢もいなくなるだろう。……お前さえ嫌でなければ、俺の婚約者として、一緒に出席してほしい」

「は、はあ……」

とりあえず、私は今すぐに屋敷を出なくてもいいようだ。

旦那様の婚約者として……つまり、私が夜会で旦那様の婚約者を演じればいいのね。

「……ですが、旦那様は私でよろしいのですか？　旦那様の婚約者としてお隣に立つ女性であれば、ジャンヌさんのような美人でないと、とても務まらないのでは……？」

私が恐る恐る尋ねると、旦那様はきっぱりと断言した。

「俺はお前がいい。サラ以外の女などお断りだ」

一夜限りの婚約者役には丁度いいのだ、という意味だと頭では分かっていても、この台詞《せりふ》には一瞬、胸がときめいてしまった。

「かしこまりました。では、当日は旦那様の婚約者役を、精いっぱい務めさせていただきます」

「……ああ、頼む」

私がそう答えると、旦那様はなぜか目を丸くした後、なんだか微妙な表情を浮かべていた。

疑問に思いつつ、私は何か変なことを言ってしまったのだろうかと首をひねったものの、すぐに夜会が嫌なのだろうな、ということに思い至って、一人で納得したのだった。

翌日から、私の猛特訓が始まった。

私も一応は伯爵令嬢とはいえ、まともな淑女教育を受けたのは、父に引き取られてからの約三年間だけだ。その後は淑女とはかけ離れた使用人生活を送っていたので、お茶会はもちろんのこと、夜会にも出たことはなく、今度開催される旦那様のいとこである国王陛下主催の夜会が、私の社交界デビューの場なのだ。

そんな大舞台で、万が一にも私が失敗して旦那様に恥をかかせることなど絶対にできない。

なので、旦那様に相談して、夜会の日まで屋敷で淑女教育を受け直すことになったのだ。

幸い、私のおまじないは作り置きできることが分かっているので、屋敷で一日に十枚のおまじないの紙を描き上げて、翌日に旦那様に砦に持っていってもらうことになった。そして残りの時間は、淑女教育という名の猛特訓を受けているのである。

そしてこれを機に、屋敷の皆が私を様付けで呼ぶようになってしまった。なんでも、夜会では旦那様の婚約者のフォスター伯爵令嬢という扱いを受けるのだから、今から慣れておいた方がいいとかなんとか。

一夜限りの婚約者役なのだから、そんなことは必要ないだろうと思ったのだけれども、旦那様も賛成しているだとか、その方が伯爵令嬢という自覚が芽生えるだとかで、気づけば皆にそう呼ばれるようになってしまっている。

「一、二、三、一、二、三……。いいですよサラ様、その調子です」

私の先生をしてくれているのはハンナさんだ。ハンナさんは元々家庭教師をされていて、その縁でキンバリー辺境伯家に来たのだそうだ。旦那様が小さい頃には、勉強を教えていたこともあったらしい。

ダンスの練習に関しては、時間が合った時はベンさんがパートナーを務めてくれている。

旦那様と幼馴染みのベンさんは、小さい頃から何かにつけて旦那様と一緒にハンナさんの授業を受けていたそうで、ダンスの練習にも付き合わされていたらしい。男性パートはもちろん、なぜか女性パートまで踊れるようになってしまったと、遠い目をして引きつった笑いを浮かべていた。なんだか哀愁が漂っていたので、あまり詳しくは聞いていない。

「サラ様、お茶も入ったようですし、少し休憩にしましょうか」

アガタさんが淹れてくれたお茶を飲みながら、ついでにマナーの復習をする。本当は課題が山積みではあるけれど、取り急ぎは夜会に照準を合わせて、必要最低限の事柄に絞ってもらっているのだ。

「一通りのことは問題なさそうですね。あとは指先の動作に気をつけられますと、より洗練された印象になりますよ」

「分かりました、気をつけます」

「サラ様は物覚えがいいので、私も教えがいがあります」

「そ、そうでしょうか……。ありがとうございます」

ハンナさんは褒め上手なので、私も少しずつ自信がついてきている。これなら夜会でもなんとかなるかもしれない。

……想像しただけで、緊張で吐きそうだけど。

休憩後に、挨拶の仕方や立ち居振る舞いを確認していると、旦那様の馴染みの服屋さんがドレスの仮縫いに来てくれた。この日のためだけに、私のドレスを急遽《きゅうきょ》作ってもらうことになったのだ。

オーダーメイドのため私しか着られないドレスになるので、なんだか申し訳なくて、ドレスのお金は私が払うと旦那様に申し出たのだけれども、こちらの都合による必要経費だからと一蹴されてしまった。

しかもなぜか、必要になるかもしれないから念のためという謎の理由で、デビュタント用の白いドレスだけでなく、他にも数着作ってもらうことになってしまっている。

高そうなドレスを何着も、それもタダで頂いてしまうだなんて、本当にいいのだろうかと困惑してしまったが、当然だと主張する旦那様やハンナさん達に押しきられてしまった。

「どこかきついところはありませんか？」

「大丈夫です」

急にお願いしてしまったのにもかかわらず、ドレスはどれも期日までにきちんと間に合わせてもらえるそうだ。仮縫いも手際よく終わらせた服屋さんは、完成を楽しみにしておいてくださいと言い残して帰っていった。

そして欠かせないのが、髪や肌のお手入れだ。アガタさんに基本的なことを色々と教わりながら、香油を塗ってもらったり、マッサージをしてもらったりして、少しずつだけど日々綺麗になっていると実感しつつある。

なんでもアガタさんの友人の実家が化粧品関係のお店を営んでいるそうで、その友人に色々教わったというアガタさんも、美容関係に凄く詳しいのだ。

「すみません。恥ずかしながら、今までこういうことには無頓着で、本当に何もしてこなかったもので……。爪なんて、生まれて初めて磨きました」

「いいえ。最初は誰しも同じですもの。サラ様は本当に磨きがいがあるので、こちらもつい楽しくなってしまいます」

夜会の日までに、少しでもいいから綺麗になって、旦那様の隣に立っても恥ずかしくないようになりたい。その一心で、私は二人に色々なことを教わりながら、慣れないことも一生懸命に頑張った。

だけど、一番慣れないのは、旦那様なのである。

「旦那様、おかえりなさいませ」

「サラ」

「あ……セス様、おかえりなさいませ」

婚約者として夜会に出席するのだから、お互いにちゃんと婚約者らしく振る舞えるようにと、名前で呼ぶように言われているのだが、つい習慣で旦那様と口が動いてしまう。結婚後の夫婦ならかまわんだろうがな、と旦那様……じゃなかった、セス様に指摘されてしまってからは、万が一にも誤解されるわけにはいかないと、気をつけているつもりなのだけれど……。

それに夕食後は、だんだん、違う、セス様は、毎日ダンスの練習に付き合ってくれるのだ。時間がないので一回だけなのだが、それでもベンさんとは身長も歩幅も違うのだから、本当の相手で慣れておいた方がいいとのことで。

「ふむ……。だいぶうまくなったな。当日はたとえ緊張で足が縺《もつ》れたとしても、俺が必ずフォローしてやるから安心しろ」

「は、はい……ありがとうございます」

真上から降ってくる低音の声に、間近で見るご尊顔。腰に回る大きな手に、密着する身体。今までになく近すぎるこの距離に、男の人に触れる機会などこれっぽっちもなかった私は、練習が終わる頃には、毎回顔が火照ってしまい、動悸《どうき》が凄いことになっていた。

……あれ、おかしいな。ベンさんの時は平気なのにな。なんでだろう？　旦那様の時は、まさか失敗して足を踏むわけにはいかないから、緊張しているのかな？

夜会の日が近づいてきて、私達は遂に王都に行くことになった。

「王都ってどんなところなんですか？　私、実は王都に行くのは初めてなんです」

「えっ、サラ様も初めてなのですか⁉　私もです！」

「アガタさんもですか⁉」

フィリップさんが御者を務める馬車の中で、アガタさんと二人でキャッキャと盛り上がる。

私とセス様についてきてくれることになったのは、御者のフィリップさんと、ベンさんとアガタさんだ。仕事ではあるけれど、二人にとっては王都への婚前旅行になるので、きっといい思い出になるに違いない。

リアンさんから聞いた話だと、観光もできるように、いつもより長めに王都に滞在するようセス様と打ち合わせをしていたそうなのだ。多分二人のために配慮されたのだろうな、と私は密かに思っている。

やっぱりキンバリー辺境伯邸の皆は本当に素敵な人達だな、と私まで嬉しくなってしまった。

二人に便乗させてもらう形になるけれども、私も今から王都の観光をとても楽しみにしている。

……夜会のことを思うと、胃が痛くなってくるけど。

「私はずっとフォスター伯爵領で生まれ育ってきたので、王都なんて行ったことがなくて……」

「あら、それをおっしゃるのなら、私なんかキンバリー辺境伯領から出ること自体が初めてですよ」

「じゃあ、王都に着いたらお二人ともきっと驚かれますよ。街並みもお店も人の多さも、キンバリー辺境伯領とは全く違いますから」

「そうなんですね！」

セス様について王都に何度か行ったことがあるというベンさんに、王都の様子を聞いたり、お勧めの店を教えてもらったりして、馬車の旅路を楽しく過ごした。


ようやく着いた王都に、私達は目を丸くした。

「凄い……！」

王都は想像していたよりもずっと凄い所だった。まず建物が高い。そして所狭しと建物が密集した街並みが、ずっと遠くまで続いている。人ってこんなにいるんだ、と思うほど、人通りが途切れることがない。

今まで見たことがない光景の何もかもに呆気にとられて、私とアガタさんはずっと馬車の窓に張りついて、周囲をキョロキョロと見回していた。

「道が土じゃなくて、ずっと舗装されているんですね。揺れなくて快適です」

「なんだか可愛いお店がたくさんありますね……！」

「わあ、サラ様、あそこ見てください！　あれってケーキ屋さんですよね!?」

「えっ、あんなケーキ見たことないです！　凄く綺麗！　おいしそう！　しかも種類がやたらと多くありませんか!?」

「あっ、あの服滅茶苦茶可愛くないですか!?　キンバリー辺境伯領じゃ見たことないデザインですよ！　あれが最新の流行りなんですかね⁉」

「アガタさん、あの看板のお菓子何か分かりますか？　よく分からないけどおいしそうじゃありません⁉」

私とアガタさんは、完全に田舎者丸出しではしゃいでいた。


やがて馬車は王都にあるセス様の屋敷に到着した。

「皆様、長旅お疲れさまでした」

屋敷で出迎えてくれた人達を見て、私は思わず息をのんだ。

「リ、リアンさんにハンナさん⁉　どうしてここにいらっしゃるんですか？」

リアンさんとハンナさんはキンバリー辺境伯領の屋敷に残ったはずだ。出かける時、私達を見送ってくれたのに、どうして私達より早くここに着いているのだろう。

二人は顔を見合わせると、おかしそうに口を開いた。

「申し遅れました。私、このお屋敷の管理を任されております、リアンの双子の弟のイアンと申します。こちらは妻のアンナです」

「はじめまして。ハンナの双子の妹のアンナと申します。驚かせてしまったようで、申し訳ありません」

「あ、いいえ、はじめまして……」

言われてみれば、二人ともそっくりだけど、よく見るとリアンさんよりイアンさんの方が少しばかり身長が低かったり、ハンナさんよりアンナさんの方が若干細身だったりするような気がする。ちゃんと見比べてみないと断言はできないけれども。

「サラ様、叔父《おじ》と叔母《おば》のことは、ご存じなかったのですか？」

「はい。誰からも聞いていなかったもので……」

ベンさんに聞かれて、私はうなずく。

「そうか。すっかりお前も誰かから聞いて、知っているものだと思っていた。驚かせて悪かったな」

「いいえ、セス様のせいではありません。ちなみにアガタさんは驚かれなかったのですか？」

「私はベンさんから聞いていましたので……」

「もしかしたら、兄達はサラ様を驚かせるために、わざと黙っていたのかもしれませんね」

茶目っ気たっぷりに言うイアンさんに、私は思わず噴き出してしまった。

真面目なリアンさんのことだから、多分それはないと思うし、きっと皆がセス様のように、私がすでに誰かから聞いて知っていると思い込んでいたのだろうと思う。冗談が上手なイアンさんは、リアンさんによく似ているけど、性格は違うのだなと実感してなんだかおかしかった。

その後は、アンナさんに部屋に案内してもらった。王都の屋敷は初めての場所だけれども、リアンさんとハンナさん夫婦にそっくりな、イアンさんとアンナさん夫婦にすぐに親近感を覚えたおかげか、緊張することはなく、居心地のいい場所だと感じた。

「ハンナさんとアンナさんは、本当にそっくりなんですね。リアンさんとイアンさんも」

夕食前に、アンナさんとアガタさんに手伝ってもらって着替えながら、アンナさんに話しかける。

「私達も、イアン達も双子ですからね。姉が家庭教師としてキンバリー辺境伯家を訪れて、そこでリアンと出会い、お互いに一目惚れしたそうです。姉達が婚約して、家族を紹介することになったのですが、私達もその場でやっぱりお互い一目惚れしてしまって。双子の性ですかね」

「わあ、凄いですね！」

ロマンチックな話に、私はついはしゃいでしまう。

「素敵なお話ですね」

アガタさんも、私と一緒になって盛り上がっていた。

女三人で話を弾ませながら着替えを終え、夕食に向かった。キンバリー辺境伯領では手に入りづらい海の幸が並べられていて、私は目を輝かせる。

「このムール貝のパスタ、凄くおいしいですね」

「王都なら海の食材が手に入りやすいからな。王都に来た時の楽しみでもある」

「そうなんですね。確かに王都は、南方の海にも近いですものね」

お腹がいっぱいになると、なんだか眠くなってきてしまった。

「サラ、今日はゆっくり休んで、旅の疲れをしっかりと取っておけ」

「ありがとうございます、セス様」

自分では自覚がなかったのだけど、やはり長旅で疲れていたのだろうか。早めに寝たのにもかかわらず、その日は夢も見ずに、朝までぐっすりと眠ってしまった。


遂に、夜会当日になってしまった。

早朝からアンナさんとアガタさんに手伝ってもらって、頭の天辺《てっぺん》から足の爪先まで磨き上げてもらったり、マッサージをしてもらったり香油を塗ってもらったり。

午後からはコルセットを締められてドレスを着せられてお化粧をしてもらって髪を編んでもらって……と支度に忙しかった。長時間を費やしてようやく支度が終わった頃には、すでにぐったりと疲労してしまったほどである。

「とってもお綺麗ですよ、サラ様！」

二人に褒められた私は、疲労で苦笑いを浮かべながら鏡の中の自分を見る。

デビュタント用の真っ白なドレスは、裾《すそ》がふわりと広がっていて、小柄で細身の私の体型でも華やかに見える。髪型はサイドの髪を編み込みながらハーフアップにしてもらっていて、私の要望通り以前セス様にプレゼントしてもらった髪飾りを使ってもらっている。

微笑みを浮かべると、確かに可愛らしいお姫様……に見えなくもない、かもしれない。少なくとも、今まで生きてきた中で、一番綺麗な私がそこにいた。

「ありがとうございます、アンナさん、アガタさん」

照れながら二人にお礼を言う。

二人に太鼓判を押されて部屋を出た私は、すでに支度を終えられていたセス様が待つ執務室に向かった。イアンさんによると、空き時間で少しでも王都での仕事を片づけておきたいと言っていたそうだ。忙しいみたいなので、少し心配になってしまう。

「失礼いたします」

部屋に入ると、セス様が私を見て立ち上がり、その姿に私は目を奪われた。

仕事の時の軍服姿も、休みの日の軽装姿もどれも素敵だけれど、今日の正装に身を包んだセス様は、一段と格好いい。黒いフロックコートには、銀糸で刺繍が施されていて、背が高く体格もいいセス様の魅力をよりいっそう引き立てている。白のクラヴァットに使われているピンは、私の髪飾りと同じデザインの銀細工で、中央の石の色も同じ海のような青色だ。セス様の目の色ととてもよく合っている。

「……よく似合っている。綺麗だ、サラ」

「セ、セス様こそ……」

微笑みを浮かべたセス様に褒められてしまい、すっかりセス様に見惚れていた私は、顔が熱くなるのを感じながら返事をした。そしてすぐに、我に返って青ざめた。

こんなに素敵な方の婚約者役が私なの？　え、無理。

アンナさんとアガタさんのおかげで、私史上最高に綺麗になれたといっても、セス様と比べると月とすっぽんもいいところだ。私は内心で、セス様の婚約者役を引き受けたことを後悔してしまっていた。今さらどうしようもないから、もうやるしかないのだけれど。

「サラ、これを着けろ」

セス様が差し出してきたのは、髪飾りと同じデザインのネックレスとイヤリングだった。どちらもとても素敵な品だけど、明らかに高そうで、私は思わず尻込みしてしまう。

「こ……こんな高そうな物を、私が着けてしまっても本当にいいのでしょうか？」

「当然だ。お前のために用意した物なのだからな。……気に入らなかったか？」

「いいえ、そんなことはありません！　……凄く素敵で、とても嬉しいです」

私のために用意してくれたセス様の気持ちがとても嬉しくて、ありがたく着けさせてもらった。一夜限りだとしても、私なんかがセス様の婚約者役だなんて、おこがましいにもほどがあるけど、少しでもセス様と並んで見劣りしていなかったらいいな、と切実に願う。

セス様にエスコートしてもらって、馬車で王都の中心に聳え立つ王宮に向かった。

初めて足を踏み入れる王宮は、どこを見ても感嘆のため息しか出てこない。

煌びやかなシャンデリアがいくつも天井からぶら下がり、高そうな赤い絨毯《じゅうたん》が敷かれた広い会場。色とりどりに着飾った大勢の紳士淑女の方々の間を、洗練された動きの給仕達が飲み物を配っていく。真っ白なテーブルクロスがかけられた長いテーブルに、ずらりと並べられた豪華で美しい食事。途切れることのない楽団の演奏。私には別世界で、まるで夢を見ているようにしか思えなかった。

会場に入ってからの私は、緊張で身を固くしながらも、しばらくの間辺りを見回していたが、やがて周囲の人々の声が耳に入ってきた。

「まあ、ご覧になって！　キンバリー辺境伯が珍しく女性をお連れになっていらっしゃるわ」

「ほ、本当ですね……。彼は女嫌いだと聞いていましたが……」

「まさか、ご婚約者様を連れてこられるという噂は、本当だったのでしょうか？」

「あのご令嬢はどなたですの？」

み、見られている……！

私達に次第に視線が集まり始めたのは気のせいじゃないだろう。ますます身体が強張ってしまい、私は思わずエスコートしてくれているセス様に添えた手に力を込めた。

「サラ、どうした？」

「あ、すみません。少し緊張してしまって……」

足を止め、私を見下ろしたセス様は、恐縮する私に微笑んでくださった。

「案ずるな。たとえ何かあっても俺がついている。お前は大船に乗った気でいろ」

「は、はい」

セス様のおかげで、私は少し肩の力を抜くことができた。

「ま、まあっ、キンバリー辺境伯が笑われましたわよ⁉」

「いつも無表情で、冷酷だという噂さえある辺境伯も、あんな顔をされるのだな……」

「あら、そんな噂、本当かどうか怪しいものですわよ。なんでもキンバリー辺境伯に振られたご令嬢が流した噂だと聞きましたわ」

「お二人とも仲が良さそうですな。半信半疑ではありましたが、ご婚約されたというお話は本当だったようだ」

なんだか周囲がざわめき始めて、私が再び緊張し始めた時、国王陛下が入場して私達から視線が逸れた。私はほっと胸を撫で下ろす。

……こんなことで私、本当に婚約者役を演じきれるのかな……？　不安しかない……。

◇◇◇

壇上で今シーズン最初の夜会の挨拶を始めたいとこ殿を見やる。

正直、毎年開かれるこの夜会が、俺は憂鬱で仕方がなかった。社交シーズンの始まりを告げる、国王陛下主催の大規模なこの夜会は、よほどの理由がない限り、断ることは不可能だ。

毎回渋々キンバリー辺境伯領から足を運び、いとこ殿に顔を見せては、婚約や結婚はまだかとの余計な口出しをされ、それが終われば自己主張が激しい令嬢達に囲まれる始末。

あまりにも鬱陶しくなり、この時期ばかりは領地に魔獣が出てくれれば、その対処で王都に行かずに済むのに、と考えてしまったことは一度や二度ではない。

だが、今年はそうでもない。

俺は隣に立つサラに視線を移した。艶やかな黒髪に、白く瑞々《みずみず》しい肌、華奢な身体にデビュタントの証である真っ白なドレスをまとったサラは、まるで妖精姫のように可憐《かれん》だ。

その細い首と形のいい耳に輝く、キンバリー辺境伯家に伝わる家宝は、ことさらサラに似合っている。俺がそれらを模して作らせた髪飾りが、美しく編まれたサラの黒髪を飾っているのも気分がいい。

正直、サラにここまで惹かれるとは思っていなかった。常にひたむきで、健気《けなげ》で、見返りも求めずに、俺を雇い主として無条件に慕ってくれるサラと共に過ごすうちに、俺が貴族令嬢達にいかにつまらない偏見を抱いていたか、彼女が気づかせてくれた。恩人といっても過言ではない。

いとこ殿から、サラも連れてくるようにとの招待状がきた時は気が重くなったが、よく考えれば、相手がサラであれば婚約するのも悪くないと思った。いや、むしろサラ以上の令嬢など、この先永遠に現れないだろう。

いずれは俺も結婚し、跡継ぎをつくらなければならないのは重々承知している。どうせ結婚するなら……相手はサラがいい。

そう思いながら、俺の婚約者として夜会に出席してもらえないか打診したところ、なぜかサラは婚約者『役』として捉えてしまったようだった。

……まあ、役とはいえ、受けてくれたということは、この先多少は望みがあると思っていいだろう、と前向きに考えることにしている。まだ正式にプロポーズもしたわけではないし、周囲を固め、もっとサラの気持ちを俺に向けさせてからでも遅くはないはずだ。

とりあえず、サラを俺の元に遣わせ、俺の自覚を促してくれたいとこ殿には、感謝せざるを得ないだろう。当初は大きなお世話だとか、余計なお節介だとか内心で毒づいていたことは、この際なかったことにしておく。

いとこ殿の挨拶が終わり、夜会が開始された。会場の中央で踊る国王夫妻を見守りながら、俺はサラの腰をそっと抱き寄せ、周囲を牽制する。

会場に入ってから、サラを盗み見る青二才どもの視線が鬱陶しくてたまらない。サラの隣に立つ男は俺だ。貴様らごときに渡してなるものか、と威嚇を込めて睨みつけると、どこぞの貴族の子息どもは慌てて目を逸らした。たわいもない。

だが、あまりのんびりとサラの気持ちが俺に向くのを待っていられないようだ、と心に留めておくことにした。

国王夫妻のダンスが終わると、それが合図となり、ダンスをする者、歓談をする者、王族に挨拶に向かう者と、各々思い思いの行動を取り始める。俺もサラを促し、王族に挨拶に向かう高位貴族の列に加わった。

「い、いよいよ、国王陛下にご挨拶しに行くんですね……。緊張します」

サラは再び身を固くしている。いとこ殿相手にそれほど緊張する必要などないのだが、サラは初めてなのだから仕方ないのかもしれない。

「そんなにかしこまらなくていい。わざわざお前を名指しして会わせろと言ってきたのはいとこ殿の方だ。俺達は言われた通り遠路はるばる来てやったのだから、ふてぶてしく構えているくらいで丁度いい」

「そ、そういうものでしょうか……？」

俺の言葉に、サラは唖然として大きな目を真ん丸にしていたが、やがて呆れたようにわずかに微笑んだ。どうやら過度の緊張は解けたようだ。サラの性格からして、言葉通りにふてぶてしく構えることはできないだろうが、多少でも緊張が取れたのであればそれでいい。

列は次第に進み、やがて俺達の番になった。

「久しいな、キンバリー辺境伯」

「ご無沙汰しております、国王陛下。夜会にご招待いただき、ありがとうございます」

「そちらのご令嬢は？」

誰よりも事情を知っているくせに、挨拶もそこそこにサラを話題にあげるいとこ殿に呆れ果てる。

「国王陛下にご紹介いただいた、我が婚約者のサラ・フォスター伯爵令嬢です」

「サラ・フォスターと申します。お初にお目にかかります」

多少動きは硬かったものの、美しい淑女の礼を披露するサラに、思わず口の端が緩む。

「そなたが我がいとこ殿の婚約者殿か。サラ嬢、セスは無表情で無愛想で面白味もないためか、しばしば冷血漢だと誤解されがちな男だが、実際は忠義に厚く面倒見のいい男だ。どうかよろしく頼む」

「国王陛下、余計な言葉が多分に交ざっているようですが」

俺をけなす言葉の方が多いいとこ殿に苛立ちを覚え、じろりと睨みながら言い返す。

「恐れながら国王陛下。セス様は無表情でも無愛想でもありませんわ。たまに微笑みかけてくださったり、常に私を気にかけてくださったりと、とてもお優しくてお心の広い方でございますもの」

神々しい笑みを浮かべてきっぱりと言いきったサラに、俺達は毒気を抜かれた。

「ほう……そうか。セスはいい婚約者殿に恵まれたようだ。セス、サラ嬢を大切にしろよ」

「言われずとも。サラ嬢をご紹介くださった陛下には、心よりお礼申し上げます」

どこか安堵したような眼差しで、微笑みを浮かべたいとこ殿に一礼して、俺達は御前を下がった。

「き……緊張しました……。セス様、私つい国王陛下に恐れ多くも奏上してしまいましたが、大丈夫だったのでしょうか？」

今になって涙目で震えだすサラに、俺はつい表情を緩めてしまった。

「問題ない。むしろお前のおかげで場が和んで助かった。それに、お前の言葉は単純に嬉しかったしな」

「そ……それならいいのですが」

安心したようにはにかんだサラの手を恭しく取る。

「さて、いとこ殿への挨拶も終わったことだし。サラ・フォスター伯爵令嬢。俺と一曲踊ってはいただけないか？」

「はい。喜んでお受けいたしますわ」

俺とサラは会場の中央に移動して、踊り始める。挨拶を終えて緊張が解けたのか、楽しそうな笑顔を見せるサラに、俺も笑みを浮かべるのだった。

◇◇◇

ワルツに合わせて、ステップを踏み出す。

初めてのダンスで緊張しているけれども、セス様のリードのおかげで、とても踊りやすい。

練習のかいもあってか、次第に緊張が解れていき、徐々に楽しいと思えるまでになっていった。

「いいぞ。その調子だ」

セス様は終始優しく微笑んでくれていて、私はまるで王子様と踊るお姫様のような気分になる。こんなに素敵な人とファーストダンスを踊れるなんて、私はなんて幸運なんだろう。本当に夢を見ているみたいだ。

曲が終わり、私は密かに胸を撫で下ろす。

良かった。なんとか最後まで踊りきることができたわ。それにしても、楽しかったな……。

だけどその余韻に浸る間もなく、軽く息を整えながら顔を上げた時には、たくさんの人々が私達を取り囲んでいた。

「キンバリー辺境伯、お久しぶりですな。失礼ですが、そちらのご令嬢とはどのようなご関係ですかな？」

美しく着飾った令嬢を連れた中年の紳士が、セス様に話しかける。

「彼女は俺の婚約者ですが、それが何か」

私の肩を抱き寄せながらきっぱりと口にしたセス様に、周囲がどよめいた。

「う、嘘ですわよね⁉　キンバリー辺境伯が、本当にご婚約だなんて……‼」

「そ、そんな……‼　キンバリー辺境伯の氷のようなお心を解かして差し上げられるのは、私だけだと思っておりましたのに……‼」

「嫌ですわ！　憧れの殿方がご婚約だなんて、信じたくありません……‼」

一部の令嬢達は、青ざめて涙目になっている。やはりセス様は、かなり人気があるのだなと実感すると同時に、なんだか胸の奥にもやもやとする不快感を覚えた。

「そ、そうでしたか。それはおめでとうございます……」

笑顔を引きつらせている中年の紳士に、セス様は貼りつけた微笑みを向ける。

「ありがとうございます。失礼ですが、ご用件がそれだけならもうよろしいでしょうか。少々喉が渇きましたもので」

私を連れたセス様が足を踏み出すと、人だかりが左右に割れて見る見るうちに道ができていった。


休憩スペースにたどり着くと、セス様は大きく息を吐いた。

「ここまで来れば大丈夫だろう。全く、鬱陶しい連中だ」

「セ、セス様……。良かったのですか？　滅多に来ない王都で、それも夜会に出席しているのですから、多少の社交は必要なのでは……？」

「必要ない。あわよくば娘を売り込もうとする下心見え見えの連中にいちいち付き合っていたら、それこそ時間の無駄だ」

「そ、そうですか……」

セス様も大変だな、と気持ちを察しつつも、あっさりばっさり切り捨てられた令嬢達がなんだか可哀想《かわいそう》に思えてしまって、私は苦笑いを浮かべた。

「そんなことよりも、お前もどうだ？　王宮の食事はさすがにうまい物が揃っているぞ」

「頂きます！」

先ほどの胸の不快感も忘れて、セス様が取ってくれた果実酒を受け取り、お礼を言って口に含む。まだお酒に慣れない私でも、飲みやすくておいしかった。お肉も口に入れた瞬間にとろけてしまうくらいやわらかいし、フルーツがたっぷり使われて可愛くデコレーションされたケーキも甘すぎなくてとてもおいしい。

こんな機会は二度とないのかもしれないのだから、ここぞとばかりにたくさんお腹に詰め込みたいけれど、コルセットが苦しくてすぐに入らなくなってしまったのが残念でならない。

「キンバリー辺境伯、こんなところにいらっしゃったのですね。お久しぶりです」

テーブルの上で美しい光沢を放ちながら誘惑してくるショコラケーキと、もう限界だと苦痛を訴えてくる腹具合に気を取られていると、赤い短髪の体格のいい若い男性が、セス様に話しかけてきた。

「お久しぶりです。合同訓練の時以来ですね」

「そうなりますね。あの時は本当にお世話になりました。なんでもご婚約されたと伺いました。おめでとうございます」

「ありがとうございます。彼女が婚約者のサラ・フォスター伯爵令嬢です。サラ、こちらはヴェルメリオ国騎士団の第一騎士団団長である、マーク・ケリー公爵令息だ」

「サラ・フォスターと申します。以後お見知りおきくださいませ」

「こちらこそ、よろしくお願いいたします」

セス様に紹介してもらった後、二人はそのまま歓談を始めた。二人とも軍を率いるという似たような立場だからか、親しげに話している。仲がいいのだなと微笑ましく思いつつ、私はその間にちょっと失礼して化粧室に行くことにした。

ええと、化粧室はたしかこっち……。

「ちょっとあなた。どうやってキンバリー辺境伯に取り入ったのかしら？」

会場を出ようとしたところで声をかけられて振り返ると、数人の美しい令嬢達が私を睨みつけていた。

「どうやって、と言われましても……」

私は首をかしげる。

「あなたなんかより、私の方がずっと美しいはずなのに……！」

「なぜあなたのような貧相な方を選ばれたのかしら……！」

「辺境伯も人を見る目がありませんのね」

私を囲むように仁王立ちした令嬢達が、次々に罵りの言葉をかけてくる。

「今の発言、取り消していただけますか？」

私は令嬢の一人に向き直って言った。

「セス様の人を見る目は超一流ですわ。キンバリー辺境伯家で働く方々も、国境警備軍の兵士の方々も、皆様本当にいい方ばかりですの。そんな方々を採用する立場であるセス様が、人を見る目がないわけがありませんわ」

「なっ……で、では、辺境伯はいったいあなたのどこを見込まれたとおっしゃるんですの⁉」

令嬢に聞かれた私は、言葉に詰まってしまった。

どこ、と言われても……。そんなの、分からないわ……。

「さ、さあ……？　どこでしょう……？」

困ってしまった私が薄笑いを浮かべると、令嬢達は唖然としていた。

「……フン、キンバリー辺境伯があなたのどこを気に入られたのかは知らないけれど、少なくともあなたなんて、キンバリー辺境伯とは全く釣り合っていなくってよ！　身のほどを知りなさいな！」

その言葉は、グサリと私の胸を突き刺した。

……そんなことは、他の誰よりも、私が一番よく知っている。

「その通りですわ！　調子に乗らないでいただける⁉」

「あなたのような大して美しくもないお方、キンバリー辺境伯にはふさわしくなくってよ！」

令嬢達に口々に蔑まれ、私がうつむきそうになった時。

「誰が俺にふさわしいかなど、この俺自身が決めることだ。部外者であるそなた達に、口出しする権利などない」

いつの間にか歩み寄ってきていたセス様は、見たこともないほど険しい顔をしていた。辺り一帯になぜか冷気を感じて、思わず身震いをしてしまう。

「キ、キンバリー辺境伯……」

セス様に気圧《けお》されたのか、先ほどまで威勢の良かった令嬢達は青ざめ、声は震えていた。

「そなた達は己の美しさとやらに自信があるようだが、俺はそんな醜悪な内面をこのような場でさらけ出すような頭の弱い女に興味など微塵《みじん》もない。不愉快だ。二度と俺達に話しかけないでくれ」

セス様が私の肩を抱いて令嬢達をギロリと睨みつける。完膚なきまでに打ちのめされた様子の令嬢達は、我先にとそそくさと立ち去っていった。

「サラ、大丈夫か？　何かされたのではないだろうな？」

「はい、何も。助けてくださって、ありがとうございました」

「礼を言われるようなことではない。お前が絡まれたのは、俺が原因なのだろう？　むしろすまなかった」

「いいえ。セス様がすぐに来てくださって本当に嬉しかったです」

ご歓談されていたようなのに、すぐに助けに来てくださるなんて、私のことをずっと気にかけてくださっていたんだわ……。

セス様がそばにいてくれることが、何よりも嬉しくて、心強くて、満面の笑みを浮かべてお礼を言うと、セス様は照れたように視線を逸らした。


セス様に見送られて会場を出て、化粧室に入る。

ふう、やっぱり夜会って緊張するなあ……。でもあと少しだし、頑張ろう。

簡単に身だしなみを確認して、化粧室を出た時だった。

「まだ生きていたのね、この死に損ないが！」

聞き覚えのある罵声に身体を強張らせた私は、恐る恐る顔を上げて息をのんだ。異母姉に異母兄、継母が廊下で待ち構えていたのだ。

どうして忘れていたんだろう。この夜会はヴェルメリオ国中の貴族が集まる盛大なものだ。当然フォスター伯爵家も出席する。そんなことにも気が回らなかったなんて。

今まで三人にされてきたことが脳裏によみがえり、恐怖で身体が勝手にすくみ上がる。

「リア、もう少し抑えろ。ここでは人目につくから移動するぞ」

「分かったわよ、お兄様」

鬼のような形相をした異母姉と継母に挟まれ、私は異母兄についていかざるを得なかった。

三人は近くの空き部屋に私を連れ込み、扉に鍵をかけると早速怒鳴り始めた。

「なんであんたがキンバリー辺境伯に気に入られているのよ!!」

「さすがは泥棒猫の娘だな。男を手玉に取るのはお手の物だということか！」

「キンバリー辺境伯が、まさかこんな貧乏くさい小娘に惑わされるとは思わなかったわ！　この売女め!!」

口々に私を罵る三人。

元はといえば、異母兄達が私をキンバリー辺境伯領に追いやったことがきっかけなのに、随分好き勝手なことばかり言ってくれる。だけど長年身に染みついた習慣のせいか、私は何も言うことができなかった。

昔の何もかも諦めていた私だったら、そのまま何を言われても、ただ黙ってやり過ごすだけだっただろう。

だけど。

「キンバリー辺境伯は、よほど趣味が悪いようだな。まさかお前みたいな女を本当に相手にするとは！」

「ねえお兄様、いいことを思いついてしまったわ。こんな貧相な女よりも、この私こそがキンバリー辺境伯にふさわしいと思わない？　噂に惑わされてしまったせいで、キンバリー辺境伯があんなに素敵な方だなんて思ってもいなかったから、この女に行かせたけど、別に私がキンバリー辺境伯に嫁いでもいいのよね？　今からでも遅くないんじゃないかしら？」

「それもそうだな。キンバリー辺境伯もこんな平民上がりの女より、生粋の伯爵令嬢のお前の方がいいに決まっているだろうよ」

「じゃあトリスタン、キンバリー辺境伯はリアに任せましょう。そしてあんたはフォスター伯爵家に戻ってきなさい。またせいぜいこき使ってあげるわ」

あまりにも身勝手な三人に怒りが込み上げて、さすがに我慢できなかった。

（リアがセス様と？　それだけは許せない‼　絶対に嫌よ！　そんなことがあってはいけないわ‼）

「ふざけないで……っ‼　そんなことを勝手に決めるなんて……‼」

気づいた時には、恐怖に身を震わせながらも、私は初めて彼らに反論していた。

「は……⁉　口答えするなんていい度胸ね‼　調子に乗ってんじゃないわよ、あんた‼」

私の初めての反抗がよほど頭にきたのか、王宮内であるにもかかわらず、異母姉は私に手をかざす。風魔法を使う際の見慣れた仕草に、私は咄嗟《とっさ》にギュッと目を瞑って衝撃に備えた。

バキイィィン‼

だけど、いつまで経っても私の身には何も起こらない。不思議に思って恐る恐る目を開いて、私は瞠目《どうもく》した。

目の前には、私を守るように、氷の壁が展開されていたのだ。壁の向こうで、三人も驚きに目を見開いていた。

「な……何よこれ⁉」

怒りで顔を真っ赤にした異母姉が、再び風魔法を行使するが、透き通った美しい氷の壁はヒビ一つ入らない。

「生意気な……‼」

「この小娘め‼」

異母兄と継母も参戦するが、氷の壁はどんな攻撃を受けても、傷一つつかなかった。

凄い……！　この氷魔法……こんなことができる人なんて……。

私が一人の人物を思い浮かべると同時に、部屋の扉が大きな音を立てて開いた。

「王宮内で禁止されている攻撃魔法を使うとはな。国王陛下に反逆の意ありと見える！」

鍵を壊して雪崩《なだれ》込んできたセス様と騎士達に、私は胸がいっぱいになった。

「直ちにその三人を拘束しろ！」

セス様と一緒に来られていたケリー第一騎士団長の命により、三人はすぐに捕らえられた。

セス様が氷の壁に触れると、壁は一瞬で蒸発した。

「大丈夫か、サラ」

「はい、セス様！　ありがとうございます‼」

長年苦しめられたあの三人から助けてくれたセス様に、泣きそうになりながらお礼を言う。

「ち、違います！　誤解ですわ‼」

「そうですわ！　私達には国王陛下への反逆の意などありません！　ただあの娘をしつけようとしていただけですわ‼」

金切り声を上げる異母姉と継母に、ケリー第一騎士団長が怒鳴りつける。

「いい加減にしろ！　サラ嬢にお前達が攻撃魔法を使ったのは、俺達もこの目で見ているんだ！　王宮内での攻撃魔法の使用は厳禁！　その上三人がかりで一人のか弱いご令嬢に攻撃魔法を使用するなど、もはやしつけでもなんでもない‼」

「ち、違う！　俺達が攻撃魔法を使用したのは、王宮内に突如として現れた、あの得体の知れない氷の壁を壊そうとしていたからで‼」

拘束されてもなおあがいている三人に、セス様が冷たい目を向ける。

「魔石に付与した氷魔法の発動条件は、持ち主がなんらかの危害を加えられそうになった時だ。つまり、サラに貴様達が危害を加えようとしたことは明白。ケリー第一騎士団長、国王陛下への反逆罪に加えて、サラ・フォスター伯爵令嬢への傷害未遂罪をつけ加えることをお忘れなく」

「承知いたしました、キンバリー辺境伯」

……魔石？

騎士達に引っ立てられていく三人の後ろ姿を尻目に、瞬きをした私はセス様に向き直る。

「セス様、助けてくださって、本当にありがとうございました。あの……それで一つお伺いしたいのですが、セス様が氷魔法を付与した魔石とやらは、いつ私が持ち主になったのでしょうか……？」

そんな魔石を持たされた覚えがなく、セス様に恐る恐る尋ねてみると。

「お前の髪飾りにつけた石が魔石だ。三個ともな」

「ヒエッ⁉」

驚きすぎて変な声が出た。

魔力を込めることで魔法を発動させられる魔石は、とても貴重で高価なはずだ。髪飾りについていたあの透明な青い石が、三個とも魔石……。

私の思考は、一瞬停止してしまった。

え、待って。そんな物を私は日常的に使っていたということ……⁉

冷や汗が背中を伝う。

「ついでに言うと、キンバリー辺境伯家の家宝である、その首飾りと耳飾りも似たような効果を持っている。それに、同じく家宝であるこのクラヴァットピンを通して、持ち主の居場所を俺に教えてくれる魔道具でもある」

「か、家宝……？」

今日、私が身に着けた装飾品のお値段……総額幾らなんだろう……。

しばらくの間、私は放心していた。

「そ……そんな貴重な物を、いくつも私に持たせる必要などなかったのでは……？」

「この夜会でフォスター伯爵家の連中が、俺の目を盗んでお前にいらぬ干渉をしてくることは容易に予想できた。万が一の時を考えて、装備は万全にしておいたまでだ」

「セス様……」

セス様は予め、私よりもずっと、私のことを色々と考えてくれていたのだ。

そのことにようやく気がついて、私は胸が熱くなった。

「セス様、本当に、本当にありがとうございます……‼」

嬉しくて、涙がぽろぽろと溢れてくる。

「泣くな。それに礼は先ほども聞いた」

「だ、だって嬉しくて……‼」

戸惑った様子のセス様が差し出してくれたハンカチは、以前私がクリスマスにプレゼントした、刺繍入りのハンカチだった。そのことに気づいた私は、折角止まりかけていた涙を、また溢れさせてしまったのだった。

8．セス様の真意

色々あった夜会から一夜が明けた。

慣れない環境に疲れていたのか、私はアガタさんが起こしに来てくれるまで、泥のように眠ってしまっていた。

「いつもは私が来る前に起きていらっしゃるのに、珍しいですね。昨夜はよほどお疲れになられたのですね」

「そ、そうみたいです……」

苦笑しつつ、アガタさんに支度を手伝ってもらいながら、私は昨夜の王宮の出来事を思い返していた。

フォスター伯爵家の三人は厳罰に処せられるらしいので、もう二度と顔を合わせることもないだろう。付け焼き刃だけど、特訓してもらった淑女教育の成果は出せたし、何よりもセス様と踊れたことは、一生の素敵な思い出になるに違いない。凄く緊張したけれど、とても素晴らしい一夜を過ごせて、私は大いに満足していた。

まあ、王宮なんて私には縁がなさそうな場所、今後一生行くことなんてきっとないだろうし、本当にいい経験をさせていただけたわよね。

……と、思っていたのだけど。

朝食後、私はセス様に連れられて、王宮の敷地内にある、魔法研究所を訪れていた。セス様いわく、先方が私のおまじないをどうしても詳しく調べたいのだそうだ。

……まさか、二日連続で王宮を訪れることになるとは夢にも思わなかった……。

「はじめまして！　あなたがサラ・フォスター伯爵令嬢ですね！」

応接室に通された私が、密かに遠い目をしながら頬をつねって痛みを確認していると、すぐに黒のローブを身にまとい、フードを目深にかぶった人が入室してきた。

声で女性と分かるけれども、若干大きめのローブで体型が隠れ、フードで口元しか分からないような状態なので、容姿だけでは男女の区別さえつかない。

「は、はい。はじめまして……」

「お待ちしておりました！　では早速あなたの魔法を調べさせてください！」

「え、え？」

いきなり両手を握って引っ張られ、私が驚き戸惑っていると、直後に同じ黒のローブを着た黒髪の男性が慌てて駆け込んできた。

「エマ！　全く、相変わらずだなお前は！　まずは挨拶！　そして説明くらいしろ！」

「そうだった！　失礼いたしました、私は魔法研究所所長のエマ・ベネットと申します。キンバリー辺境伯より、あなたの治癒のおまじないが魔法の一種ではないかと問い合わせを受けて検証いたしましたところ、私がまだ見たこともない非常に興味深い魔法であったため、すぐさま各国の資料をかき集め研究いたしました」

早口でまくし立てるように話すベネット所長に、呆気にとられる。

「その結果、このおまじないは、今は滅んだネーロ国の文字を使用した非常に高度な魔法式を使った魔法ではないかと推測されました」

ネーロ国？

聞き覚えのない国名に記憶をたどろうとするが、ベネット所長の説明に阻まれる。

「ですが私達研究員が再現を試みても全くできていません。ですのでぜひ、あなたにご協力いただいて、魔法の実演とそのメカニズムを解き明かし、他者における魔法の再現とその応用を研究したいと思っております。どうぞよろしくお願いいたします。では早速行きましょう！」

「そんな説明で分かるか！」

ベネット所長の早口と肺活量に、ついていけずに唖然としていると、男性は私からベネット所長を引き剥がしてソファーに座らせ、疲れたようにため息をついた。

「妹が大変失礼いたしました。改めまして、はじめまして。私は魔法研究所副所長のアラスター・ベネットと申します」

「は、はじめまして。サラ・フォスターと申します。どうぞよろしくお願いいたします」

気を取り直して、淑女の礼をする。

そういえば、淑女教育でベネット公爵家について教えてもらった。代々優秀な魔術師を何人も輩出していて、武芸を得意とするケリー公爵家と双璧をなす存在であると。歴代の魔術師団や魔法研究所の最上位は、ほとんどベネット公爵家の一族で占められているけれども、その中には少々変わっている人も多いとかなんとか。

エマ・ベネット所長はその中でもとりわけ優秀で、魔法に関しては彼女の右に出る者がいないそうだ。……そのぶん、変わり者だという噂もなんとなく理解できてしまった。

「キンバリー辺境伯もお久しぶりです。このたびはご連絡いただき、誠にありがとうございました」

「お久しぶりです、ベネット副所長。所長も変わりないようで何よりです」

「お久しぶりですキンバリー辺境伯。ねえもういいでしょうお兄様。積もる話はお任せいたしますので、フォスター伯爵令嬢と早速研究室に向かいたいのですが」

「お前な……」

頭を抱えるベネット副所長に、セス様が声をかける。

「かまいません。サラ、ベネット所長に協力してやってくれ」

「分かりました、セス様」

「ありがとうございます！　では行きましょう、フォスター伯爵令嬢！」

ベネット所長に引きずられるようにして、私は研究室に連れていかれた。そしてベネット所長に言われるがまま、実際におまじないをしてみせたり、何かよく分からない計測器らしきもので、私の魔力を見てもらったりした。

話が終わったのか、途中からベネット副所長と共にセス様が研究室に来てくれたので、初めての場所で分からないことだらけで不安を覚えていた私は、一瞬で心強くなってしまった。我ながら現金である。

「うーん、やっぱりフォスター伯爵令嬢と私達とでは根本的に魔力の質が違うようですね。だから誰もあなたのおまじないを再現できなかったんじゃないかしら。この紙に書かれた文字はネーロ国の古い字体を崩したものだと思うのですが、お母様はネーロ国とどのようなご関係なのですか？」

「えっと……すみません、私も母とネーロ国につながりがあったことは、今初めて知ったくらいなんです。このおまじないは確かに母から教わったのですが、何も詳しいことは聞いていなくて……」

「そのことについては、先にこちらで確認させていただきたい」

口を挟んできたセス様に、私は目を見開く。

「サラ、これから陛下に謁見するが、お前に確認したいことがある。ベネット所長、急で申し訳ないが、少々サラを連れ出させていただく」

……ってことは、また国王陛下にお目見えするってこと!?

二日連続のまさかの事態に、私は再び硬直してしまった。


「よく来てくれたな。楽にするといい」

「はい。お気遣いありがとうございます」

と、言われましてもそう簡単にできるものではないのですが……。

セス様と一緒に国王陛下の執務室で謁見した私は、やはりカチコチに緊張していた。驚くほどふかふかのソファーに腰かけ、勧められた紅茶のカップを手にするものの、手が震えてうまく飲めそうにない。こぼさないように気をつけながら、少しだけ口に含み、またすぐにカップをテーブルに戻した。

「さてセス。調査の詳細を聞かせてもらおうか」

「はい」

国王陛下に答えると、隣に座るセス様は私に向き直った。

「サラ、おまじないのこともあって、お前の母君について調べさせてもらった」

え、いつの間に?

驚く私に、セス様は続ける。

「ベネット所長からお前のおまじないがネーロ国となんらかの関係がある可能性について知ら

され、調査したところ、お前の母君は魔獣に襲われて滅んだネーロ国の王族だったのではないかと推測された」

「えっ？」

一瞬、何を言われたのか分からなかった。

お母さんが……王族だった？

「ネーロ国は、その周囲を魔獣が住む森に囲まれているという悪条件の中でも、王族だけが使える特殊な魔法のおかげで、その国土を維持し続けていたそうだ。だが今から数十年前、当時の国王がその魔法を乱用し、国土の拡大を目論んだところ、国境を魔獣に破られ、そのまま滅んでしまった」

あれ、どこかで聞いたことがあるような……？

セス様の話を聞きながら、私は遠い過去に聞いた話を思い出す。

「恐らくお前の母君は、おまじないと称するその特殊な魔法のおかげで、魔獣がひしめく森を抜けて生き永らえ、我が国にたどり着いたと思われる。そして、短期間だがネーロ国に外交官として滞在していた経験を持つ前フォスター伯爵を訪ね、その正体を隠したまま雇われたのだろう」

いきなりそんなことを言われても、頭がついていかない。

「これはあくまでも、お前が母君から教わったおまじないが、ネーロ国で秘匿されていた特殊魔法だと判明したことから推測された仮説にすぎない。だが、限りなく真実に近い仮説だと俺は考えている。前フォスター伯爵はお前の母君の身分までは知らなかったようだが、ネーロ国の出身であることは把握していたみたいだからな」

「……」

私はしばらくの間、何も言うことができなかった。

お母さんが王族？　そんなの夢にも思わなかった。だってお母さんは、そんなことは一言も……。だけどそれなら、一応辻褄《つじつま》は合うのかな？

お母さんの仕草が、脳裏をよぎる。

どこか品がある立ち居振る舞いに、聞けばなんでも教えてくれた広くて深い知識、姿勢やマナーにはよその家よりも厳しかったように思う。てっきり以前伯爵家にメイドとして勤めていたからだと思っていたけれども、王族としての教養があったのであればと、納得してしまった。

「……だが、それならなぜ、母君は平民になったのだ？　ネーロ国王族の生き残りである彼女にしか使えない特殊な魔法を会得していたのだから、それを活かせば、もっといい暮らしができたはずでは？　現に、もし私がそのことを知っていたならば、すぐに彼女を召し抱え、重用していたであろうに」

国王陛下の質問に、私は気づけば口を開いていた。

「……母は、利用されたくなかったのだと思います。私におまじないを教えてくれた時も、気休めのおまじないなのだから、効果は期待しないように、人前で多用しないように、と念を押していました」

「……そうなのか」

国王陛下が、少し残念そうに肩を落とす。

「はい。……それに、今思い出したのですが、幼い頃に母から聞いた物語があります。昔、人間と魔獣が共存している土地があり、魔獣が嫌がる魔法のおかげで、平穏を保っている国があった。でも、欲を出した王様が、魔法を多用して魔獣を追いつめた結果、その国は魔獣に滅ぼされてしまったと」

小さい頃に、お母さんから聞いた寝物語を思い出しながら語る。

「だから、能力を過信して思い上がり、他者を排除するようなことは決してしてはいけない。その業はいつか自分に返ってくるのだから、と母は語っていました」

あの物語は、ネーロ国のことを言っていたのだろうか。お母さんは、どんな気持ちでその話を語ってくれていたのだろう。

「……そうか。母君は、自国を滅ぼすきっかけとなった自らの魔法を、あまり良く思っていなかったのかもしれないな」

少しの沈黙の後、セス様が口を開く。

「だが魔獣に対して最も効果的であり、治療にも十分に貢献する魔法を、自分で絶やすのはさすがに惜しいと考え、お前に伝えることにした。だが、乱用して自国の二の舞にしないためにも、その概要をまじないという形にぼかして伝えたといったところだろうか。……あるいは、お前が成長してから真実を伝えるつもりだったが、それが叶わなくなってしまったか……」

「きっと、両方だったのだと思います」

セス様の推測は、お母さんの気持ちを代弁してくれたように感じた。私の記憶の中のお母さんも、きっとそのつもりだったに違いないだろうから。

「フォスター伯爵令嬢」

「はい」

おもむろに国王陛下が口を開き、私は顔を上げた。

「あなたのおまじないは、我が国にとって貴重で、喉から手が出るほど欲しいものだ。母君の思いは私達も肝に銘じ、決して乱用しないと約束しよう。だから、魔法研究所に手を貸し、そのおまじないの全容の解明に協力してもらえないだろうか。もちろん、それに見合った報酬は用意する」

国王陛下のお言葉に、私は目を見開いた。

「あなたが望むのならば、王宮に部屋を用意し、賓客として扱おう。どうだろうか？」

「……大変光栄なお話ですが、私には分不相応だと思いますので、丁重にお断りいたします」

折角の国王陛下の言葉だったけれども、全力で遠慮させてもらった。

王宮に足を踏み入れるだけで、私は緊張してしまうのだ。そこに滞在だなんて心底御免被りたい。

「魔法研究所への協力に関しましては、喜んで続けさせていただきます。しかしながら、セス様がお調べくださったことは、確かに筋が通っていますが、今となってはなんの証拠もなく、真実は分からないのですよね？」

私の質問に、セス様がうなずく。

「それに、たとえ私がネーロ国の王族の血を引いていたとしても、私はヴェルメリオ国の国民ですので、なんの意味もないと思います。私はこれまで通り、そして母が望んだ通りに、キンバリー辺境伯領で平穏な暮らしができればそれで満足なのです。どうかご理解ください」

深々と頭を下げ、国王陛下にお願いする。

「私からも断らせていただきたい。フォスター伯爵令嬢は、私の婚約者です。そのことはお話を持ちかけてくださった陛下が一番よくご存じのはず。まさか陛下自ら働きかけてくださってやっと出会えた、かけがえのない女性を王宮に残し、一人寂しく辺境の地に帰れなどと、残酷なことをおっしゃるわけではありますまい」

セス様の言葉に、国王陛下は苦笑した。

「分かった。フォスター伯爵令嬢を王宮に迎えることは諦めよう。魔法研究所に協力してくれるだけでありがたいのだからな。それに折角女嫌いのいとこ殿が、その気になった相手を取り上げ、仲を引き裂く気など毛頭ない。だがまさか、セスがここまで彼女に執着するとは思わなかったぞ」

ニヤリと笑う国王陛下から、セス様は視線を逸らす。ふて腐れた様子のセス様の顔は、いつもより赤くなっていた。

私は王宮住まいを回避できて一安心すると同時に、セス様も一緒になって断ってくれたことが嬉しくて、赤面しながらすっかり表情を緩ませてしまった。


それから数日間、私は魔法研究所に入り浸る羽目になった。

「ああなるほど！　この部分の文字で書いた模様が、最後にお祈りを捧げた時に、魔力を封じ込める役割を果たしているんですね。すみませんがもう一度やってみせていただけませんか？」

「エマ！　もう日も暮れているんだからいい加減にしろ！　フォスター伯爵令嬢もお疲れだろうし、キンバリー辺境伯も迎えに来られているんだぞ！」

「でもお兄様、フォスター伯爵令嬢がご協力くださるのは今日が最終日なんですよ⁉　こんな機会はもうないかもしれないのですから、あともう少しだけ」

兄であるベネット副所長に窘《たしな》められても続けようとするベネット所長に困惑しながらも、私は口を開く。

「あの、また今度王都に来た時には伺いますし、遠い所ですがキンバリー辺境伯領にお越しくだされば、またご協力いたしますので……」

「本当ですか⁉　絶対ですよ！」

再会時の協力を約束してようやく解放され、私はぐったりしながらセス様と馬車に乗り込んだ。研究熱心なベネット所長には感心するが、もう少しお手やわらかに願いたい。

「サラ、疲れただろう。ベネット所長の魔法への探究心は並大抵ではないからな」

「はい。ですがベネット所長のおかげで、おまじないのことがだいぶ分かるようになりました」

セス様に労われて、私は苦笑しつつ返答する。

「それに、ベネット所長はこのおまじないの応用を考えていらっしゃるようで、もしうまくいけば、高価な魔石を使わずとも、代わりの物に魔力を込めて発動させることができるようになるかもしれません。そのお役に立てるのなら、私も嬉しいですし、頑張る甲斐がありますから」

「そうか」

ベネット所長の研究に付き合わされるのは確かに大変だが、その集中力と解析能力はさすがにヴェルメリオ国一の魔術師と評されるだけのことはあった。おかげで私もおまじないについて、一つ一つの模様の意味や一連の流れへの理解を深めることができたのだから、ベネット所長には感謝している。

「セス様も今日はお疲れなのではありませんか？　お迎えに来てくださる時間が少し遅かった

ですし、お仕事が大変だったのでは？」

「そうだな。だが、今日で粗方は片づいた。お前にも関係があることだから話しておく」

セス様が話してくれたのは、フォスター伯爵家のあの三人のことだった。

やはりあの三人は、王宮で禁止されていた攻撃魔法を使用した罪で厳罰に処せられるらしい。反逆罪で死刑になってもおかしくなかったそうだが、最終的には三人とも死罪は免れた。だが、異母兄は爵位を剥奪《はくだつ》され、罪人としてどこぞの鉱山で一生重労働、異母姉と継母は厳しくて有名な修道院へ送られることになったとか。

私としては、今後一生二度と関わり合うことがなければそれでいい。あの三人の行く末になど興味の欠片もないし、心底どうでもいいのだから。

「そして、フォスター伯爵位はお前が継ぐことになりそうだ」

「!?」

セス様のその言葉は、寝耳に水だった。

確かにヴェルメリオ国では、爵位継承は男性が優先されるが、息子が生まれなかった場合、娘に継承させることも可能だ。この場合、異母兄はまだ未婚なので子がおらず、異母妹である私が継ぐこともできる。だけど父の弟や、父と血縁関係にある男性にだって、継いでもらうことが可能なわけで。

「な……なぜそうなるのですか？　私は領地経営なんて、全く勉強したこともないですし、荷が重すぎます。父には親戚がいたはず……そのどなたかが、爵位を継ぎたがるのではないのですか？」

私が尋ねると、セス様は気まずそうに視線を逸らした。

「あの三人は莫大な借金を抱えていた。爵位を継げば当然その借金も支払わなければならなくなる。誰もその肩代わりをしたがらないのだ」

「借金……!?」

私は頭を抱えた。

父が亡くなってからというもの、あの三人は湯水のようにお金を使い、贅沢《ぜいたく》をしていたのは知っている。だけどまさか、そんなことのために借金までしているとは思わなかった。

「では、その借金は私が返さなければならないのでしょうか……？」

私は恐る恐る尋ねた。

ようやくあの三人から生涯解放されたと思ったのに、あの三人の代わりに私が借金の返済に明け暮れなければならなくなるのかと考えると、やる瀬なくなる。

「その必要はない。あの三人が借金をしている相手は俺だからな」

「!?」

私は口をあんぐりと開けてしまった。

「……どういうことなのか、ご説明いただけないでしょうか？」

わけが分からずに、セス様にお願いする。

「フォスター伯爵家の連中がずっとお前にしてきた仕打ちがどうにも許せなくてな。弱みを握って叩き潰してやろうかと思い、情報収集してフォスター伯爵家の借金の債権を買い集めていた。連中がまた何かお前に絡んできた時に、手の内を明かして地獄のような取り立てをしてやろうと算段していたのだ」

「えっ……」

私は驚きのあまり、絶句した。

「だが、先日王宮であの三人が愚かにも自爆したおかげで水泡に帰した。今となっては、お前にフォスター伯爵位を押しつけて、債権を持つ俺に嫁がせて有耶無耶《うやむや》にするのが一番いいと、親戚連中は考えているのだろうな」

「……そ、そうだったのですか……」

いつの間にそんなことになっていたんだろう……。えっ、というかこれって、セス様が私のために……!?

「セス様には大変なご迷惑をおかけしてしまい、誠に申し訳ございません……!!」

私は勢い良く深々と頭を下げた。

「やめろ。俺がしたくて勝手にしたことだ。お前が責任を感じる必要はないし、お前から金を返してもらうつもりもない。フォスター伯爵領はお前の後見人としてしばらく俺が管理し、俺とお前の間に将来子ができれば、キンバリー辺境伯位とフォスター伯爵位をそれぞれ継がせるだけの話だ」

……ん⁉

今何か、重要なことをサラッと話されたような気がした。

「……将来、子ができれば……？」

「そうだ。俺と、お前のな」

セス様はどこか楽しげに口角を上げる。

こ、子供って、もしかして結婚するってこと⁉　あれ、でも……。

「……私は、名ばかりの婚約者役だったのでは……？」

「俺が一度でもそんなことを口にしたか？」

私は混乱しながら、セス様に婚約者として夜会に出席するよう頼まれた日のことを思い出す。

え？　あ、あれ？　婚約者役は、その場しのぎのことだったはず……あれ？　違う？　まさか私の勘違い？

「サラ」

「はい！」

セス様に名前を呼ばれて、うろたえていた私はやけに大きな声で返事をしてしまった。

「ようやく俺の真意が伝わったようだな」

「……！」

妙に不敵な笑みを浮かべるセス様に、羞恥で顔に熱が集まる。

「今はまだ混乱しているようだな。だが、もはやお前を手放してやるつもりなどないから、覚悟しておけ」

向かい側に座っていたセス様が立ち上がり、私の隣に腰を下ろして、肩を抱き寄せた。硬直する私の髪を一房手に取り、そこに唇を落とす。

え、え？　えええっ⁉

満足げな微笑みを浮かべて私を見つめるセス様に、私はもうどうしたらいいのか分からず、耳まで熱くしながらあわあわと慌てることしかできなかった。


ま、全く眠れなかった……。

翌朝、一睡もできなかった私は、カーテンの隙間から差し込んでくる朝日の光をぼーっと眺めていた。

昨夜、どうやら私はいつの間にかセス様と正式に婚約していたらしいことを知ってしまった。いったいいつから私が婚約者『役』だと勘違いをしていたのか、その間変な行動を取っていなかったか、セス様にはどう思われていたのだろうか……。

これまでのことを思い返したり、考えたり、合間にセス様が私の髪に口づけを落としたことを思い出して悶《もだ》えていたら、いつの間にか一夜が明けてしまったのだ。

恥ずかしい……恥ずかしすぎる……。というか、私が婚約者でもセス様はかまわないのかしら……？

自分に自信がない私は、ついついそんなことを考えてしまう。

私の肩書きは一応伯爵令嬢といっても、半分は平民の血が流れているわけだし……いや亡国の王族の血かもしれないけど……。とにかく、平民として育ったのだから、貴族令嬢としては半人前だもの。おまけに今はセス様率いる国境警備軍に雇われている身だし、なんだかセス様に莫大な借金もしているみたいだし……。もっとセス様にふさわしい、生粋の貴族令嬢の方がいらっしゃるのではないかと思うのだけれど……。

あまりに急な展開なので、自分の置かれている立場が今一つ理解できていない。

だけど、もし単純に考えていいのなら……セス様が本当に私を望んでくださっているのならば、これほど嬉しいことはない。

これからもずっと、キンバリー辺境伯領で、セス様の近くで働いて、セス様のお役に立つことが、私の望みであり、幸せなのだ。どんな形であれ、その望みが叶うのならば、私は喜んでセス様についていくつもりなのだけれど。

でもまさか、セス様の婚約者としてだなんて……!?

いったい私のどこを、セス様は気に入ってくださったのだろう……と考えたところで、急に私は冷静になった。

……そっか。セス様は別に、私のことが好きなわけじゃない。

やっぱり私は、セス様にとって都合のいい存在だっただけなのだろう。セス様にとって身近な存在で、身分だけはそこそこのなんちゃって伯爵令嬢。女除けのための婚約者に仕立て上げるには、うってつけだったに違いない。

その証拠に、今までセス様に『好きだ』と言われたことなど……一度もない。

なんだ、また変に勘違いしてしまうところだったわ。そうよね。セス様が私のことを好きだなんて、そんなことあるわけないわよね。

平凡な顔立ちに貧相な身体、ちょっと珍しい魔法を使うことくらいしか取り柄がない女。それが私だ。

誰もが見惚れるほどの美貌に、巨大な魔獣でさえ一瞬で氷漬けにできるほど膨大な魔力を持ち、剣の腕も超一流。王族とも血縁関係にあり、由緒正しい辺境伯家の当主であるセス様が、私に好意を寄せるはずがない。一瞬でも思い上がってしまった自分自身を反省しつつ、ぽっかりと胸に穴があいてしまったような喪失感には、気づかないふりをした。

セス様が望む限りは、私はいくらでも都合のいい婚約者として振る舞おうと決意する。

そうと決まれば、と私は両頬を叩いてベッドから抜け出し、冷水で顔を洗った。

ぼーっとしていた頭が、多少は覚醒する。

自分の置かれた立場はいまいちよく分からないけれど、まず私が考えなければならないことは、フォスター伯爵家がセス様に借りてしまっている大金のことだ。とりあえずフォスター伯爵家に行って、売れそうな物は全て売り払って、少しでも借金返済の足しにしないと。

朝食の席で、私は今朝考えていたことについて、セス様に伝えてみたのだけれど。

『その必要はない』

あっさりと、セス様に断られてしまった。

『そんなことはキンバリー辺境伯領に帰った後にでも、イアン達に命じてやらせておけばいい。俺達が王都に滞在している間にしかできないことをする方が先だ』

その結果、なぜか私は今、セス様と王都で一番の繁華街に来ている。

「ベンとアガタのお勧めの店はこの先だな。行くぞ、サラ」

セス様に手を引かれ、私は目を点にしたまま、セス様についていく。

セス様の手……大きくて逞しくて、温かい……。

つながれた手の感触に、なんだかドキドキしてしまうけど、これは人通りが多いから、はぐれないようにしてくれているだけで、別に深い意味などないはずだ。……そうに決まっている。

お洒落なレストランで、キンバリー辺境伯領では入手しづらい海の幸のおいしい料理を頂き、美しく盛りつけられた可愛いプチケーキのデザートまでご馳走になる。

店を出て、王都で一番有名だという服屋に連れていかれると、なぜか私に合わせた最新の流行のドレスと、それに合わせたアクセサリーまでセス様が注文してくれていた。

午後のティータイムに連れてこられたのは、私が王都に着いた初日に馬車から見かけてアガタさんとはしゃいでいたケーキ屋さんだ。

店員さんのお勧めだという季節のタルトを口に運んで幸せを噛みしめながら、私はふと疑問に思った。

これって、まるでデートみたいなのでは？

確かに、王都の観光もさせてもらえると聞いていたので、楽しみにはしていたのだが、それであれば、セス様が私の服やアクセサリーを注文する必要なんてないし、私が気にしていたケーキ屋さんに連れてきてくれる必要だってないような……？

って、そんなわけないわよね。嫌だな私ったら。婚約者がどうこうっていうお話を聞いた途端にこれだもの。自意識過剰にもほどがあるわ。

これはたまたまそう思えるだけだ。ドレスとアクセサリーはすでにもうたくさん頂いてしまったように思う。でも、辺境伯家の婚約者ともなれば、まだ必要なのかもしれないから、セス様が揃えてくれただけで。

ケーキ屋さんだって、アガタさんも行きたいと言っていたから、すでにベンさんと一緒に行って、レストランと同様にセス様にお勧めしただけなのかもしれないし。

だから、おいしくタルトを頂いている私を見るセス様の目が、いつもよりも優しくて、どこか甘さまで含まれているように感じるのも……きっと、気のせいだ。

ケーキ屋さんで焼き菓子をお土産に買った私達は、そのままキンバリー辺境伯領の皆のお土産を買いに行った。王都で人気のお菓子や茶葉、海の幸の干物や燻製。皆の喜ぶ顔を思い浮かべながらお土産を選んでいる時間は、とても楽しかった。

「……随分たくさん買ったな」
「はい。お屋敷の皆さんの分と、国境警備軍の皆さんの分、あと王都のお屋敷でお世話になっている方々の分もありますので」
セス様は半ば呆れながらも、大荷物になってしまったお土産を、王都の屋敷に届けてもらえるよう手配してくれた。

日が暮れて、辺りが暗くなり始めている中、セス様が案内してくれたのは、とてもお洒落なレストランだった。絨毯やシャンデリア等、一目見るだけでも高級だと分かる造りに唖然としながら、個室に案内される。
こんな場所に連れてこられたら、以前の私なら極度に緊張していただろう。でも、多少は落ち着いていられるのは、ここ数日王宮にお邪魔して、もっと豪華な内装を目にしてしまっているからだろうか。慣れってて怖い。

新鮮なロブスターや貝をふんだんに使った料理に舌鼓を打ち、デザートまでも綺麗に平らげる。お腹がいっぱいになり、紅茶を飲みながら至福の時間の余韻に浸っていると、セス様が真剣な表情でおもむろに切り出した。

「サラ」

テーブル越しに高級そうな小箱を差し出される。なんだろう、と思った途端、セス様が小箱を開けた。中にはセス様の目の色と同じ、青く透き通った綺麗な石がついた、高そうな指輪が入っている。

「お前が好きだ。俺と、結婚してほしい」

「!?」

危うく紅茶のカップを取り落とすところだった。急いで静かにソーサーに戻して、再度セス様の言葉を脳内で復唱する。

セス様と、結婚……!?

呆然《ぼうぜん》としている間に、セス様に左手を取られ、指輪を薬指にはめられていた。

「……あああの、セス様、これはいったい!?」

我に返り、慌てふためきながらセス様に尋ねる。

「お前が俺との婚約の意味をいまだに分かっていないようだからな。俺の気持ちを骨の髄まで分からせるために、必要だと思ったことをしているまでだ」

「ええええ⁉」

驚いた私は、はしたなくも大声を上げてしまった。
セ、セス様の気持ちって……⁉
「サラ。お前は俺が婚約を申し込んだ理由を、女除けだとか、お前が一番都合が良かったからだとか、どうせそんなことだと思っているのだろう」

セス様の指摘に、私はギクリと身を強張らせる。

まるで頭の中を覗《のぞ》かれているみたいな……。私ってばそんなに分かりやすいの⁉

「やはりな。真の意味で婚約していたことをようやく自覚させられたかと思った翌日に、デートをしても今までとさほど変わり映えしない、俺を意識していない態度を取られたら、嫌でも分かる」

分かりやすくてすみませんでしたあぁぁぁ‼

「念を押しておくが、俺がお前を婚約者にしたのは他でもない。一緒に過ごすうちにお前の人となりを好ましく思い、やがて惹かれるようになり、この先の人生もサラと共に暮らしたいと思ったからこそ、こうして求婚をしているのだ」
セ、セス様が本当に私を……⁉
セス様にじっと見つめられ、私は顔が火照ってしまった。セス様は静かに立ち上がり、テーブルを回って私の傍らにひざまずいて、恭しく左手を取り、手の甲に口づけをした。

「これで少しは、俺の気持ちが分かったか？」

「……!?」

全身が心臓になったかのように鼓動がうるさく鳴り響いている私は、きっと頭の天辺から足の先まで真っ赤になっていることだろう。そんな私の様子を目にしたセス様は、満足げに唇の端を上げた。

「どうやら、今度こそ伝わったようだな？」

「……は……はひ……」

私は小声で噛みながらの返事が精いっぱいだった。

「……それで、お前の返事は？　……心が落ち着くまで待てと言うのなら、待ってやってもいいが」

私の手を取ってひざまずいたまま見上げてくるセス様に、私は怖々と尋ねる。

「セ……セス様は、本当に私でいいのでしょうか？　私以上に美しくてご立派な、生粋の貴族令嬢の方々なんて幾らでも……」

「前にも言ったが、俺はお前がいい。サラ以外の女などお断りだ」

その言葉には聞き覚えがあった。以前、セス様が婚約者役を私に依頼してきてくださった時の言葉だ。

……いや、違う。私が勘違いしていただけで、あの時から、セス様はちゃんと私のことを選んでくださっていたのだ。

そのことがようやく分かって、嬉しさで胸がいっぱいになる。

私は自分に自信がない。男女を問わず多くの人々に慕われ、憧れられているセス様と釣り合い、隣に立てるか分からない。

……だけど、こんな私を、セス様が望んでくださるのであれば……。

「……私で良ければ、喜んで……」

「そうか」

蚊の鳴くような声で、思いきって答えると、セス様は安堵したように笑みを浮かべて立ち上がり、今度は私の額に口づけた。

「!?」

私は思わず額を押さえる。

「今はまだ、これくらいで我慢しておいてやる。本当は唇にしたいところだがな」

「あ……ありがとう、ございます……？」

今はまだ……ってことは、そのうちするってことだよね!?

もし今唇にされていたら、私は驚愕のあまり卒倒していたに違いない。セス様はどこまで私のことを分かってくれているのだろう。ありがたいと思いつつも、でも今はむしろ気絶したかったような気もして、私はいつまでも額を両手で押さえたまま、全身に熱を感じつつ、内心で羞恥に悶え転げていた。

◇◇◇

翌朝、食堂に現れたサラは、ひどく眠そうに見えた。

「お、おはようございます、セス様」

「サラ、よく眠れなかったのか？」

「あ、はい……」

俺を見た途端に、半開きだったサラの目がしっかりと見開かれ、おまけに顔が赤くなっているところを見ると、今度こそサラに俺の気持ちが正しく伝わったようだと確信する。眠そうにしていたのも、恐らくそのせいだろう。サラの安眠を妨げてしまった罪悪感はあるものの、ようやく想いが通じた喜びの方が大きかった。

「朝食後に出発すれば、あとはずっと馬車の旅路だ。眠かったら寝ていてもかまわん」

「は、はい。ありがとうございます」

王都の滞在も終わり、俺達は再びキンバリー辺境伯領に帰る。予定外の出来事もあったが、サラが魔法研究所に行っている間に、王都での仕事は全て終わらせた。フォスター伯爵領にある領主邸の整理については、すでにイアンに指示を出し終えているし、後のことはある程度任せてある。

サラは借金のことを気にしていたようだが、そんな心配は無用だ。フォスター伯爵領は土地が豊かで作物の実りも良く、きちんと管理しさえすればそれなりの収益が出る土地なので、時間はかかるが元は取れると踏んでいる。そう説明したら、サラもようやく安心し、肩の荷を下ろしたようだった。

イアンとアンナに見送られて、王都の屋敷を後にする。サラはしばらくの間、アガタと王都での思い出話に花を咲かせていたが、やはり眠かったのだろう。次第にうつらうつらと船を漕《こ》ぎだしたので、抱き寄せて俺にもたれさせた。無防備なサラの寝顔を見ているのも悪くない。

数時間後に目を覚ましたサラが、俺にすっかり寄りかかって寝ていたことに気づき、真っ赤になってひどくうろたえながら謝ってくる姿にも、知らず口角が上がった。

数日をかけて、ようやくキンバリー辺境伯邸が見えてきた時は、やはりほっとした。煌びやかな王都とは比較にもならない、全く何もない田舎ではあるが、俺はやはりこの地が一番落ち着く。

隣で表情を明るくして屋敷を見つめているサラからも、帰宅を待ち侘《わ》びているのが伝わってくる。こんな辺鄙な田舎に目を輝かせてくれる貴族令嬢など、どこを探してもサラ以外にはいないに違いない。

「おかえりなさいませ。長旅お疲れさまでした」

「ただ今帰った」

「皆さん、ただ今帰りました」

久々に帰宅した俺達を、屋敷の者全員が出迎えてくれたところで、俺は手短に報告だけしておくことにした。

「王都で俺はサラに正式に求婚し、サラも承諾してくれた。これから結婚に向けて忙しくなるが、全員そのつもりでいるように」

「かしこまりました！」

「おめでとうございます‼」

皆が口々に祝福してくれる中、真っ赤になってしまったサラの頭を撫で、俺はリアンと共に留守の間の様子を聞くべく執務室に移動する。大まかには特に何もなかったようで、たまっていた仕事のうち、急ぎのものだけを片っ端から片づけていった。一段落したところで、サラと共に夕食を取る。

「サラ、俺達の結婚についてだが」

俺が話題を振ると、サラは瞬時に耳まで赤くなった。

「お前はいつ頃がいい？」

「え……？」

赤くなりながらも、目を瞬かせているサラに、俺は続ける。

「俺の気持ちは、まだ数日前にようやくお前に伝わったばかりだ。俺のプロポーズは受け入れてもらえたが、まだお前は心の準備ができていないだろう。お前を手放すつもりなどさらさらないが、お前が心を決めるまでは待つつもりだ」

今まで俺は、サラに雇い主としてしか見られていないことは自覚している。俺は徐々にサラに惹かれ、想いを自覚するようになったが、サラはいきなり俺に気持ちを告げられて困惑したはずだ。幸いプロポーズにはうなずいてくれたが、まだ大いに戸惑っている最中であることは容易に察せられた。

だからこそ、俺はサラがちゃんと想いを向けてくれるまで待とうと思ったのだが。

「あ、あの、私はいつでもいいです」

「何……？」

サラの返答は、俺の予想外だった。

「私は、セス様のことをお慕いしておりますから」

「!?」

サラの告白に、俺は目を丸くした。

「私は平民として育ちましたし、貴族令嬢としての教育も基本的なことしかできていませんでしたので、本当にセス様にふさわしいのか、胸を張ってセス様の隣に立てるのかと、自信がなくて思い悩んでいましたが……セス様が、私がいいと、私以外はお断りだとおっしゃってくださったので」

そう言うと、サラは赤くなりながらも、俺の目を見て笑顔を見せた。満面の笑みに、思わず胸が高鳴る。

「私は自分のことには自信がありませんが、セス様のことが好きな気持ちは誰にも負けないつもりです。そのセス様が、私を選んでくださったのですから、これからは全力でおそばにいたいと思います」

顔を赤らめてはにかみながら、はっきりと告げてくれたサラに、俺は目を見開いた。と同時に、今まで生きてきた人生の中で、感じたことのない感情が、胸の底から湧き上がる。

……可愛い。愛おしい。大切にしたい。

「……そうか。なら、全力で一生俺のそばにいろ。何があっても離れるな」

「は、はい……！」

今度は頭から湯気が上がるのではないかと思うほど、全身を真っ赤に染めて、両手で顔を覆うサラを見つめながら、俺も負けないくらいにみっともないほど、顔を緩ませている自覚はあった。

◇◇◇

それから、式の準備は最短の日程で進められ、半年後。

今日、私達は無事に結婚式を挙げることになった。

「サラ様、とてもお綺麗です‼」

ハンナさんとアガタさんに手伝ってもらって、私はウェディングドレスに身を包んだ。胸元にレースがあしらわれ、裾がふわりと広がった光沢のある白いドレスは、皆が似合うと絶賛してくれた一品で、まるで本当にお姫様になったかのような気分にさせてくれる。髪も綺麗に編み込みながらまとめてもらい、お化粧も済ませると、鏡に映った私はまるで別人みたいだ。

「お二人とも、ありがとうございます！」

「これなら旦那様も惚れ直されますね」

「そ、そうでしょうか……」

私は照れながら答える。

いくら私が綺麗になったとはいえ、セス様に惚れ直してもらうだなんて、恐れ多くて想像もできないけれど……もし、そうなったらいいな、とは思う。

「さあサラ様、もうすぐ式のお時間ですよ」

「えっ、も、もう？」

鏡に映る自分の姿が全然見慣れなくて、なんとなく落ち着かず、どこか変ではないかと確認していたら、ハンナさんに笑顔で促されてしまった。着替えや化粧は確かに大変だったけど、あっという間に挙式の時間になっていて、私はうろたえる。

私がセス様と結婚だなんて、半年前からずっと準備してきたのに、なんだか夢を見ているみたいで、まだ実感が湧いていない。

亡くなった父の代わりに、リアンさんにエスコートしてもらって、式場となる大聖堂に移動する。その間も、まるでふわふわと雲の上でも歩いているかのような心地だ。ヒールが高いこともあってか、足取りがおぼつかない。

式場に入って、セス様の所までたどり着くと、リアンさんに代わって、セス様が私の手を取ってくれた。

「サラ、とても綺麗だ」

顔を綻ばせながら、セス様が囁いてきた。それまで緊張と不安しか感じていなかったのに、一気に嬉しさで胸がいっぱいになる。

「ありがとうございます。セス様も、とても素敵です」

白を基調にした花婿衣装のセス様は、すらりと高い身長と、しっかりと鍛えられたお身体がより映えて、とても凛々しくて格好いい。こんなに素敵な人が私の旦那様になるだなんて、なんだかいまだに信じられない。そんなことを口にしたら、セス様に怒られてしまいそうだけれども。

セス様にエスコートされて祭壇の前まで進み、緊張しながらも誓いを交わし合って、私達は夫婦になった。

式場を出ると、そこにはたくさんの人々が集まっていて、皆満面の笑みで私達を出迎えてくれた。

「旦那様、サラ様、おめでとうございます‼」
「セス！　サラ！　おめでとう‼」
「お二人とも、末永くお幸せに‼」
「お綺麗ですよ、サラ様！」

キンバリー辺境伯邸の皆をはじめとして、国境警備軍の皆、駆けつけてくれた王都のイアンさん達が、フラワーシャワーをしてくれながら、次々とお祝いの言葉をかけてくれた。

「ありがとうございます、皆さん‼」

祝福してくれる皆にお礼を言いながら、隣に立つセス様をそっと見上げる。私の視線に気づいたセス様が目を合わせて微笑んでくれて、顔に熱が集まったけれど、やっぱり幸せで、つい笑みがこぼれた。

色とりどりの花びらが次々に舞う中、セス様と一緒に少しずつ足を進める。嬉しくて、幸せで、涙が込み上げてきてしまった。

私がこんなに幸せになれるなんて、一年前は思ってもいなかった。フォスター伯爵家でこき使われて、虐げられて、そんな毎日がずっと続くだけなのだとすっかり人生を諦めていた。けれど、セス様に出会えたことで、私の人生は劇的に変わった。

私を屋敷に置いて、好条件で働かせてくれただけでなく、お母さんから教わったおまじないが魔法だったことに気づいて、その力を存分に活かせる環境を整えてくれた。そんなセス様の思いやりが、私の居場所をつくってくれたのだ。

セス様の優しさに触れるうちに、いつの間にか恋心を抱くようになったけれど、私なんかじゃ到底釣り合わないと思って、気づかないふりをしてきた。少しでも恩返しがしたくて、ずっとキンバリー辺境伯領で、セス様のそばにお仕えできたらいいなと思っていたのだけれど。

「お二人がついにご結婚されたのね……！」

「ええ、そうよ。本当に嬉しいわ！」

涙を流しながら、手を取り合っているハンナさんとアンナさん。

「ハンナ、気持ちは分かるけど、涙を拭こうか」

「アンナ、君もだよ」

そんな二人に、揃ってハンカチを差し出すリアンさんとイアンさん。

「めでたいな。旦那様がご結婚されるなんて、一年前までは考えられなかったもんな」

「ああ。サラ様が来てくださって、本当に良かったよ」

「これでキンバリー辺境伯家も安泰だな」

フィリップさんとケイさん、レスリーさんの会話が聞こえてくる。

そう、今では私とセス様は、使用人と雇い主ではなく、夫婦になったのだ。初めて一人の女性として扱われ、しかも好きになった人から愛を告白されるなんて、まるで夢を見ているみたいだ。周囲の変化が目まぐるしくて、全然ついていけていないけれど、幸せすぎて怖い。こんなに恵まれていていいのだろうか。

こんなにも優しくて、素敵で、尊敬できて、幸せにしてくれるセス様。そんな彼の妻になった以上、これからはキンバリー辺境伯夫人として、もっと色々なことでセス様を支えられるようにならなければ。

今はおまじないで、多少は役に立てているとは思うけれど、まだまだ足りない。キンバリー辺境伯領のことや国境警備軍のことも、もっと知らなければいけないし、今はセス様に任せっぱなしになってしまっている、フォスター伯爵領の統治のことも、ずっと丸投げするわけにはいかない。一日でも早くセス様の力になれるよう、もっと勉強を頑張るつもりだ。

「いやあ、本当に良かったよな！　セスが結婚できるなんてよ！」

「声が大きいわよ、ジョー。でも、二人とも幸せそうで、何よりだわ」

ジョーさんを窘めながら、微笑んでいるジャンヌさん。

「キンバリー総司令官が微笑んでいるところなんて、初めて見るんじゃないか？」

「確かに。俺もそう思う」

「幸せそうでうらやましい……。俺もいつか結婚したい！」

「お前彼女いたっけ？」

「いない」

肩を落とした仲間を慰める、国境警備軍の人達。

「大丈夫だって。お前はいい奴だから、いつか良さを分かってくれる人が現れるって。自信持てよ！」

私も……セス様に選んでもらえたのだから、少しは自信を持ってもいいよね？

今はまだ、私は辺境伯夫人としては未熟者だ。でもいつかは、自信を持ち、胸を張って、セス様の隣に立てるような……セス様の妻として、誰からも認められるような、そんな人になりたい。

今の私には大きすぎる夢かもしれないけれどたとえ一歩ずつでも近づく努力をして、セス様の愛に負けないくらい、私もたくさんの愛で彼を支えていくつもりだ。セス様が少しでも幸せになれるのならば、私にできることはなんでもする。それが私の幸せなのだから。

「どうした？　サラ。緊張しているのか？」

ずっと私が黙ったままだったからか、セス様が声をかけてくれた。

「は、はい。……それもありますが、セス様と結婚できて、私は凄く幸せ者だなって、幸福に浸っているんです」

少し恥ずかしかったけど、幸せに満ち足りた気持ちでそう答えたら、セス様は目を丸くした後、少し顔が赤くなった。

「……そうか。お前と結婚できた俺も、幸せ者だ」

耳元で小声で囁かれて、私は耳まで熱くなるのを感じながらも、身に余るほどの幸せを噛みしめたのだった。

END

あとがき

本作をお読みいただきまして、誠にありがとうございます。

前向きで逆境でも逞しいヒロインと、クールだけど情に厚いヒーローのお話が読みたくて、自己供給した結果、本作の原形である作品が出来上がりました。自分好みの話なので、書いていてとても楽しかったのですが、当初はサラを恋愛面に関して疎くしすぎたのと、セスの性格をクールにしすぎたこともあって、なかなか甘い感じが出せず、苦労したなと記憶しています。

この作品をネット上で発表したのが二〇二一年。当時は書籍化を夢見て賞に応募したこともありましたが、落選が続いていたので、半ば諦めていました。ですので、完結してから一年半後に、突然書籍化のお話をいただいた時は、まさかと驚くと同時に本当に嬉しかったです。動揺しすぎて、買って二ヶ月たっていない鍋敷きを焦がしてしまいました……。

初めての書籍化で右も左も分からなかったのですが、スターツ出版様にたくさんのアドバイスをいただき、本筋は変更しないまま、甘さを足したり、読みやすく編集したり、何度も見直したはずの誤字脱字を修正したりしました。編集ソフトの違いで、多大なご迷惑をおかけしてしまって、本当に申し訳なかったです……。

編集作業中もあまり現実感がなく、夢を見ているんじゃないかと思うような日々が続いていましたが、春が野かおる先生が描いてくださった美麗なイラストを拝見して、本当に書籍化するんだな、と徐々に実感と感動がわくようになりました。セスからプレゼントされた髪飾りが、私が脳内で想像していたものよりもずっと素敵で、何度も見返してはニヤニヤしていました。

そんなこんなで、当初よりも糖度が増してパワーアップした本作になりました。たくさんの方々に支えていただき、この場を借りて厚くお礼申し上げます。

サラとセスの心の変化や成長が、皆様に伝われば、また、少しでも楽しんでいただければ幸いです。

合澤《あいざわ》知里《ちさと》

冷徹辺境伯に婚約拒否されましたが、想定内なので問題ございません
～なのに、溺愛付き永年雇用されるとは予想外です～

2023年3月5日　初版第1刷発行

著　者　合澤知里

発行人　菊地修一

発行所　スターツ出版株式会社

〒104-0031　東京都中央区京橋1-3-1　八重洲口大栄ビル7F
☎出版マーケティンググループ　03-6202-0386
（ご注文等に関するお問い合わせ）

https://starts-pub.jp/

印刷所　大日本印刷株式会社

ISBN　978-4-8137-9217-8　C0093　Printed in Japan

［合澤知里先生へのファンレター宛先］
〒104-0031　東京都中央区京橋1-3-1　八重洲口大栄ビル7F
スターツ出版（株）　書籍編集部気付　合澤知里先生